कायस्थ कुल अनुशासन

जय आदित्य शौर्य श्रीवास्तव

सम्पूर्ण सृष्टि के पालनकर्ता भगवान श्रीमन्नारायण तथा उन्हीं से अभिन्नस्वरूप अपने गुरुदेव भगवान पूर्वाम्नाय ऋग्वेदीय श्रीगोवर्धनमठ पुरीपीठाधीश्वर श्रीमज्जगद्गुरु शंकराचार्य स्वामी निश्चलानन्द जी महाभाग जी के चरणों में सादर।

क्रम-सूची

गुरुदेव

ॐ

पूर्वाम्नाय ऋग्वेदीय श्रीगोवर्धनमठ पुरीपीठाधीश्वर श्रीमज्जगद्गुरु
शंकराचार्य स्वामी निश्चलानन्द जी महाभाग

प्रस्तुत पुस्तक परमपूज्य पूर्वाम्नाय ऋग्वेदीय श्रीगोवर्धनमठ
पुरीपीठाधीश्वर श्रीमज्जगद्गुरु शंकराचार्य स्वामी निश्चलानन्द जी महाभाग
विक्रम संवत् २०८२ फाल्गुन मास, शुक्ल पक्ष नवमी तिथि को शुभ मुहूर्त में
अर्पित की गई थी। पूज्यपाद जी ने इसकी सराहना करते हुए इसे स्वीकार किया
और आशीर्वाद देकर इसे छपवाने की आज्ञा दी। तत्पश्चात ही लेखक ने इसे
छपवाया है।

गुरुदेव

कुलदेवी

ॐ

कुलदेवी अष्टभुजा भवानी

भगवान चित्रगुप्त जी का शास्त्रवर्णित स्वरूप

ॐ

धर्मराज यमराज जी के द्वादश यमों में प्रधान एवं कायस्थ वंश के पूज्य
भगवान चित्रगुप्त जी का शास्त्रवर्णित स्वरूप

मंगलाचरण

"श्री गणेशाय नमः

श्री गुरवे नमः

कुलदेव्ययै नमः

श्री दुर्गाय नमः

श्री शिवाय नमः

श्री उमामहेश्वराय नमः

श्री सीतारामाय नमः

श्री सूर्यनारायणाय नमः

श्री लक्ष्मी नारायणाय नमः

यत्र यत्र रघुनाथकीर्तनं तत्र तत्र कृतमस्तकांजलिम्
वाष्पवारिपरिपूर्णालोचनं मारुतिं नमत राक्षसान्तकम् ॥

अर्थ — जहाँ जहाँ श्रीराम की कीर्ति का गान होता है, वहाँ वहाँ
भगवान हनुमान हाथों की जोड़कर खड़े रहते है।

यतो धर्मः ततो जयः

करारविन्देन पदारविन्दं, मुखारविन्दे विनिवेश यन्तम्।
वटस्य पत्रस्य पुटेशयानं, बालं मुकुन्दं मनसा स्मरामि॥

श्री कृष्ण गोविन्द हरे मुरारे, हे नाथ नारायण वासुदेव।
जिव्हे पिबस्वा मृतमेव देव, गोविन्द दामोदर माधवेत॥

या देवी सर्वभूतेषु शक्ति-रूपेण संस्थिता।
नमस्तस्यै नमस्तस्यै नमस्तस्यै नमो नमः॥"

जयघोष

प्रकाशकीय

जगत की उत्पत्ति-स्थिति-संहार-निग्रह-अनुग्रह कृत्यों के संपादन के लिए ही भगवान सच्चिदानंद स्वरुप सर्वेश्वर ने इस जगत में स्वयं को हिरण्यगर्भात्मक ब्रह्मा, पालनकर्ता विष्णु, सम्हृतिकर्ता शिव, निग्रहेश्वरी शक्ति, और अनुग्रह स्वरूपी गणेश के रूप में उद्भाषित किया। दार्शनिक धरातल पर भगवान ही इस सृष्टि के अभिन्ननिमित्तोपादान कारण सिद्ध होते हैं। वे ही सच्चिदानंद भगवान अपने को इस संसार के प्रकृति एवं उसकी पंचतत्वात्मिका शक्ति आकाश, वायु, तेज, जल, पृथ्वी के रूप में उद्भाषित कराटे हैं। पुनश्च, वे ही अपने को समस्त रूपों में भी अभिव्यक्त करते हैं और इससे ही भगवान की सर्वरूपता सिद्ध है। भगवान की ही कृपा से इन्हीं पंचतत्वों से एक एक इन्द्रीय की उद्भावना होती है और अहंकार चतुष्टय आदि की सहायता से भगवद अंश सरीखे जीव के अनुभव में संसार परिलक्षित होता है। एवं च, यह भी ध्यातव्य है कि वे भगवान ही इस संसार में वंश और गुरु परंपरा के मूल हैं। उन्हीं से दोनों परम्परायें उत्पन्न हुई हैं। उसमें से जो अविच्छिन्न वंश परम्परा है उसी की वर्णाश्रम संज्ञा है। अतः नाद और बिंदु परंपरा की रक्षा होनी ही चाहिए। यह पुस्तक उसी दिशा में एक लघु प्रयास है।

1

अध्याय १: कायस्थ कुल परिचय

भगवान विष्णु की कृपा से, जो इस ब्रह्मांड के मूल हैं और भगवान शिव जो ब्रह्मांड के गुरु हैं तथा जो हरिहर के रूप में एक हैं मैं इस ग्रंथ को प्रारंभ करता हूँ जो मेरे जीवन में भगवद्-आशीर्वाद का एक रूप है। मेरे मातृ-पितृ के आशीर्वाद के साथ-साथ मेरे गुरुदेव का आशीर्वाद, मेरे पितृगणों के आशीर्वाद से तथा मेरी कुलदेवी श्री अष्टभुजा भवानी के प्रेम आनंद और आशीर्वाद के साथ मैं कायस्थ कुल अनुशासन के इस ग्रंथ का आरंभ करता हूँ।

मैं अब आपके सामने "कायस्थ कुल परिचय" प्रस्तुत करता हूँ।

यह ग्रंथ मुख्य रूप से महान कायस्थ वंश के चारों ओर घूमने वाले समस्त शास्त्रीय प्रमाणों, ऐतिहासिक साक्ष्यों, तार्किक तथ्यों और सर्वसुलभ आंकड़ों को सामने रखने के उद्देश्य से कार्य करता है। ग्रंथ उन सभी दृष्टिकोणों को समावेशित कर के शास्त्र प्रमाण, ऐतिहासिक दृष्टि तथा लोकाचार के साथ सामंजस्य बैठा कर ही आज इस रूप में प्रस्तुत हुआ है। इससे न केवल कायस्थ समुदाय को, अपितु समस्त सनातनी समाज को कायस्थ जाति के महत्व और स्थिति को समझने में मदद मिलेगी। इस पुस्तक की प्रासंगिकता इस बात से भी है कि समुदाय को अपनी संस्कृति, रीति-रिवाजों, कर्तव्यों और विशेषताओं के बारे में जानने में भी मदद मिलेगी।

गुण और कर्तव्य जानने का क्या महत्व है?

विषय की प्रस्तुति में यह प्रश्न सर्वप्रथम उपस्थित होता है कि गुण और कर्तव्य का क्या महत्व है। इस प्रश्न का उत्तर श्रीमद्भगवत श्रीमद्भगवद्गीता में निहित

है—

दोषैरेतैः कुलघ्नानां वर्णसङ्करकारकैः।
उत्साद्यन्ते जातिधर्माः कुलधर्माश्च शाश्वताः॥१.४२॥

इस श्लोक से यह स्पष्ट है कि जाति धर्म और कुल धर्म का पालन करने से जीव को मोक्ष की प्राप्ति होती है। जाति और वर्ण शब्द एक दूसरे के पर्यायवाची हैं, इनमें कोई अंतर नहीं है। यहाँ जाति शब्द का अत्यधिक महत्व है। अनेकत्व में एकत्व की अनुगति की जाती संज्ञा है। प्रत्युत, यदि हम यहाँ जाति शब्द का अर्थ संस्कृत से देखें तो यह स्पष्ट रूप से 'जन्म' निकलता है। तब यह स्पष्ट हो जाता है कि किसी भी व्यक्ति का जन्म उसके पूर्व जन्मों का ही परिणाम है। पिछले जीवन में किए गए कर्मों और कर्म की फल के परिणामस्वरूप जीवात्मा को एक नया जन्म मिलता है, और इसलिए व्यक्ति को अपने निर्धारित कुलधर्म (वर्णाश्रम धर्म) के अनुरूप कर्म करना होता है।

मनुस्मृति के अनुसार, भगवान मनु ने स्वयं कहा है—

ब्राह्मणः क्षत्रियो वैश्यस्त्रयो वर्ण द्विजातयः।
चतुर्थ एकजातिस्तु शूद्रो नास्ति तु पंचमः॥

(मनुस्मृति १०.४)

उपरोक्त श्लोक से यह स्पष्ट है कि केवल ४ वर्ण हैं, और अन्य जातियाँ जो अंतर वर्ण विवाह/अंतरजातीय बच्चे के जन्म से पैदा होती हैं, उन्हें वर्ण संस्कार माना जाता है। ये दो प्रकार के होते हैं एक अनुलोम और दूसरा प्रतिलोम। प्रत्येक जाति का एक विशिष्ट गुण और कर्म होता है, और इस प्रकार यह प्रत्येक जीव मनुष्य की भलाई के लिए भगवान नारायण का आदेश बन जाता है कि वे शास्त्रों के अनुसार वर्ण(जाति) के व्यवसाय का पालन करें, जैसा कि शब्दब्रह्म, वेदों और स्मृतियों द्वारा स्वयं निर्धारित किया गया है। ऐसा करने में असफल होने पर पाप दोष का सामना करना पड़ता है, क्योंकि कुल धर्म और जाति धर्म से न केवल एक जीव का कल्याण होता है, बल्कि उसके अपने कुल और पूर्वजों का भी कल्याण होता है। इसी कारण से, द्वापर युग के अंत में, स्वयं भगवान कृष्ण ने श्रीमद्भगवद्गीता में वर्णसंकरता का निषेध किया है।

श्रीमद्भगवद्गीता बहुत स्पष्ट रूप से यह कहती हैं:

अधर्माभिभवात्कृष्ण प्रदुष्यन्ति कुलस्त्रियः।
स्त्रीषु दुष्टासु वार्ष्णेय जायते वर्णसङ्करः॥१.४१॥

अर्थ: हे कृष्ण! अधर्म के अधिक बढ़ जाने से कुल की स्त्रियाँ दूषित हो जाती हैं; (और) हे वार्ष्णेय! स्त्रियों के दूषित होने पर वर्णसंकर पैदा हो जाते हैं।

सङ्करो नरकायैव कुलघ्नानां कुलस्य च।

पतन्ति पितरो ह्येषां लुप्तपिण्डोदकक्रियाः॥१.४२॥

अर्थ: वर्णसंकर कुलघातियों को और कुल को नरक में ले जानेवाला ही होता है। श्राद्ध और तर्पण न मिलने से इन (कुलघातियों) के पितर भी अपने स्थान से गिर जाते हैं।

दोषैरेतैः कुलघ्नानां वर्णसङ्करकारकैः।

उत्साद्यन्ते जातिधर्माः कुलधर्माश्च शाश्वताः॥१.४३॥

अर्थ: इन वर्णसंकर पैदा करनेवाले दोषोंसे कुलघातियों के सदा से चलते आये कुलधर्म और जातिधर्म नष्ट हो जाते हैं।

उत्सन्नकुलधर्माणां मनुष्याणां जनार्दन।

नरकेऽनियतं वासो भवतीत्यनुशुश्रुम॥१.४४॥

अर्थ: हे जनार्दन! जिनके कुलधर्म नष्ट हो जाते हैं, उन मनुष्यों का बहुत काल तक नरकों में वास होता है, ऐसा हम सुनते आये हैं।

यहाँ यह बिल्कुल स्पष्ट है कि अर्जुन और कृष्ण की चिंता कुल और वर्ण धर्म का पालन करना और अंतर वर्ण विवाह का निषेध करना है। यहाँ अंतर-वर्ण विवाह कहने से हमारा तात्पर्य कुल-परंपरा, वर्ण-परंपरा से बाहर विवाह करने से है। शास्त्रों के उपरोक्त कथनों से प्रत्येक व्यक्ति के लिए अपने वर्ण और जाति कर्तव्यों के बारे में जानना बहुत महत्वपूर्ण हो जाता है।

यहाँ एक प्रश्न उठता है! हम कायस्थ का वर्ण कैसे निर्धारित करेंगे? हमें याद रखना चाहिए कि सनातन धर्म में अंतिम निर्णय पवित्र श्रुतियाँ और स्मृतियाँ हैं, जिन्हें सामान्य भाषा में हम शास्त्र कहते हैं।

शास्त्रों को निम्नलिखित श्रेणियों में वर्गीकृत किया जा सकता है:

1. वेद (जिन्हें श्रुति भी कहा जाता है)

2. स्मृति (ऋषियों द्वारा लिखित आचार संहिता को संदर्भित करता है जो वेदों से जुड़ी हुई है और इसलिए वे आचार संहिता हैं कि समाज में वेदों को कैसे लागू किया जाना चाहिए)

3. पुराण (जो पुराना है लेकिन फिर भी नया है, उसे पुराण कहा जाता है। पुराण स्वयं भी प्रमाण हैं और स्मृतियों, श्रुतियों से जुड़ी सच्चाई को प्रदर्शित करते हैं।इसलिए पुराण भी वेदों और स्मृतियों की ही भाँति मान्य हैं। जैसा कि कहा जाता है —"पुराण स्वयं भगवान का हृदय हैं")

4. **तंत्र ग्रंथ**; (जितने अंशों में वेद सम्मत सिद्धांतों का प्रतिपादन तंत्र के ग्रन्थों में होता है उतने ही अंशों में तंत्र की प्रामाणिकता मान्य है), आदि।

5. **इतिहास एवं लोकाचार:** इतिहास एवं लोकाचार का वही अंश मान्य होता है जो शास्त्र सम्मत हो। शास्त्र के विरुद्ध स्वच्छंदता का परिचय देते हुए कृत्यों को प्रामाणिक तथा ग्राह्य नहीं माना जा सकता है। ऐसे कृत्यों तथा परंपराओं को सदा निंदनीय ही माना गया है तथा इनका त्याग ही उचित है।

6. **टीका एवं भाष्य:** शास्त्र— वेद, स्मृति तथा पुराण, के अतिरिक्त किसी भी व्यक्ति अथवा सामाजिक संस्था के द्वारा प्रोक्त भाष्य प्रामाणिक नहीं होता है। शास्त्र की मूल भावना को संजोते हुए लिखा गया आप्त महापुरुषों के द्वारा लिखा गया भाष्य ही मान्य होता है। उदाहरण के लिए गीता की टीका में गीता के श्लोक के अतिरिक्त कोई भी बात अप्रमाणिक (यानी शास्त्र प्रमाण के बिना लिखी गई) है तो उसे अप्रमाणिक और मूल्य हीन ही समझना चाहिए। व्यक्ति **विशेष की बातें तथा उनका व्यक्तिगत मत** धर्म का निर्णय नहीं करते हैं। धर्म के निर्णय के विषय में उपरोक्त शास्त्र ही माने जाते हैं, अन्य नहीं।

हमें यह याद रखना चाहिए कि श्रेष्ठता के संदर्भ में इन सभी शास्त्रों की प्रामाणिकता पहले से ही शास्त्रों में घोषित की गई है (देवी भागवत महापुराण में, नीचे दिए गए श्लोकों का उल्लेख है):

> *"जहाँ श्रुति, स्मृति और पुराणों में मतभेद हो, वहाँ श्रुति के वचनों को ही अंतिम प्रमाण मान लेना चाहिए। जहाँ स्मृति पुराणों से असहमत हो, वहाँ स्मृतियों को अधिक प्रामाणिक जानो। और जहाँ श्रुति में ही मतभेद हो, वहाँ धर्म के भी दो प्रकार होने का ज्ञान होना चाहिए। और जहाँ स्मृतियों में ही मतभेद हो, वहाँ भिन्न-भिन्न बातों का लक्ष्य है, ऐसा समझो। कुछ पुराणों में तंत्रों के धर्म का यथावत् वर्णन है; परन्तु इनमें से जो वेदों के विरुद्ध हैं, उन्हें किसी भी प्रकार स्वीकार नहीं करना चाहिए। तंत्र को तभी प्रामाणिक प्रमाण माना जाता है, जब वह वेदों का खंडन न करता हो। जो कुछ भी स्पष्ट रूप से वेदों के विरुद्ध हो, उसे किसी भी प्रकार प्रमाण नहीं माना जा सकता। धर्म के विषय में वेद ही एकमात्र प्रमाण हैं। अतः जो वेदों के विरुद्ध न हो, उसे प्रमाण माना जा सकता है; अन्यथा नहीं।*
> *~(देवीभागवत एकादश स्कंध, अध्याय एक)"*

अतः, अब यह स्पष्ट है कि विभिन्न शास्त्रों का निर्णय और अधिकार श्रेष्ठता क्रम निश्चित है। अब हमें विभिन्न शास्त्रों पर एक नजर डालनी चाहिए और देखना चाहिए कि उनमें कायस्थ कुल के बारे में क्या उल्लेख किया गया है।

2

अध्याय २: कायस्थ कुल का पुराणोक्त वर्णन

सर्वप्रथम हम पौराणिक उल्लेखों से ही आरंभ करेंगे। माता सरस्वती के पावन तट पर, नर और नारायण पर्वतों में ही भगवान वेद व्यास जी के द्वारा अष्टादश पुराणों का प्रणयन बद्रिकाश्रम क्षेत्र में हुआ। उनके द्वारा समाधि की अवस्था में ऋतंभरा प्रज्ञा को जागृत कर के जो कुछ भी सत्य का दर्शन किया गया, उन्होंने उसे उसी प्रकार से लिख दिया, क्यूंकि अपनी इन्द्रियों के द्वारा प्राप्त ज्ञान में त्रुटि की संभावना बनी ही रहती है। यही कारण है कि उनके द्वारा जिन पुराणों का प्रणयन हुआ उन्हें सम्पूर्ण आस्तिक समाज श्रद्धा पूर्वक ग्रहण ही करता है।

नारायणं नमस्कृत्य नरं चैव नरोत्तमम्।

देवीं सरस्वतीं व्यासं ततो जयमुदीरयेत्॥

(श्रीमद्भागवत १.२.४)

पद्मपुराण, सृष्टिखण्डः

अतः सर्व प्रथम पद्मपुराण के सृष्टिखण्ड से इन श्लोकों को हम उद्धृत करते हैं—

क्षणं ध्यानस्थितस्यास्य सर्वकायादिविनिर्गतः।

दिव्यरूपः पुमान् हस्ते मसीपात्रञ्च लेखनीम्॥

चित्रगुप्त इति ख्यातो धर्मराजसमीपतः।

प्राणिनां राद्धरात्‍वर्गलेख्याय स निरूपितः॥

ब्रह्मणातीन्द्रिय ज्ञानी देवाग्न्योर्यज्ञभुक् स वै।

भोजनाच्च सदा तस्मादाहुतिर्दीयते द्विजैः॥

ब्रह्मकायोद्भवो यस्मात् कायस्थो वर्ण उच्यते।
नानागोत्राश्च तद्वंश्याः कायस्था भुवि सन्ति वै॥

अर्थ: (सरल शब्दों में अर्थ है कि) ध्यानमग्न अवस्था में ब्रह्मदेव के शरीर से एक दिव्य स्वरूप वाला पुरुष उत्पन्न हुआ जिसने अपने हाथों में कलम और स्याही-दवात धारण किए हुए थे। उनका नाम चित्रगुप्त हुआ। वे धर्मराज (यमराज) के पास जाकर प्राणियों के शुभ और अशुभ कर्म के लेखनकर्म में नियुक्त हो गए। मात्र क्रिया ही नहीं, जो हमारे मन में भाव आते हैं, चित्रगुप्त उन्हें भी जानते हैं। ये देवताओं के समान ही अग्नि के माध्यम से आहुतियों का आहार ग्रहण करते हैं। अतः ब्राह्मणों के द्वारा इन्हें हवन-आहुति प्रदान की जाती है। ब्रह्मा के शरीर से उत्पन्न होने के कारण इनका वर्ण 'कायस्थ' हुआ। विभिन्न उत्पन्न उनके वंशज संसार में कायस्थ कहलाते हैं। ये यमराज के अधीनस्थ सर्वाधिक महत्वपूर्ण तीन अधिकारियों- काल, मृत्यु और चित्रगुप्त में से एक हैं।

तत्त्वतः कहें तो स्वयं धर्मराज ने ही एक अंश से स्वयं को चित्रगुप्तस्वरूप में ब्रह्मदेव के शरीर से उद्भूत किया, अतः चित्रगुप्त का स्थान यमराज के चौदह स्वरूपों में भी है। यमराज के चौदह स्वरूप निम्न हैं— यम, धर्मराज, मृत्यु, अन्तक, वैवस्वत, काल, सर्वभूतक्षय, औदुम्बर, दध्न, नील, परमेष्ठी, वृकोदर, चित्र एवं चित्रगुप्त। जैसे कि समस्त द्विज जन नित्य तर्पण में यमराज के १४ स्वरूपों को जल से तृप्त करते हैं। (देखें नित्य कर्मप्रकाश, गीता प्रेस गोरखपुर में भी प्रकाशित)

स्कंदपुराण, प्रभासखंडः

प्रस्तुत अंश में स्पष्ट रूप से चित्रगुप्त को सूर्य वंशी बताया गया है, आइए देखें सूर्यदेव चित्रगुप्त की तपस्या से प्रसन्न हुए और उन्होंने सर्वज्ञता का वरदान दिया। स्कन्दपुराण के प्रभासखण्ड में कहते हैं—

एवन्तु स्तुवतस्तस्य चित्रस्य विमलात्मनः।
तथा तुष्टः सहस्रांशुः कालेन महता विभुः॥
अब्रवीद्वत्स भद्रं ते वरं वरय सुव्रत।
सोऽब्रवीद्यदि मे तुष्टो भगवांस्तीक्ष्णदीधिते॥
प्रौढत्वं सर्वकार्येषु जायतां सन्मतिस्तथा।
तत्तथेति प्रतिज्ञातं सूर्येण वरवर्णिनि॥
ततः सर्वज्ञतां प्राप्तश्चित्रो मित्रकुलोद्भवः।
तं ज्ञात्वा धर्मराजस्तु बुद्ध्या परमया युतः।
चिन्तयामास मेधावी लेखकोऽयं भवेद्यदि॥

जाता मे सर्वसिद्धिश्च निर्वृतिश्च परा भवेत्।
एवं चिन्तयतस्तस्य धर्मराजस्य भामिनि॥
अग्नितीर्थं गतश्चित्रः स्नानार्थं लवणाम्भसि।
स तत्र प्रविशन्नेव नीतस्तु यमकिङ्करैः॥
सशरीरो महादेवि यमादेशपरायणैः।
स चित्रगुप्तनामाभूद्विश्वचारित्रलेखकः॥

अर्थः निर्मल मन वाले भगवान् चित्र ने दीर्घकाल तक सूर्यदेव की आराधना करके उन्हें सन्तुष्ट किया और सूर्यदेव ने उनकी मङ्गलकामना करके आशीर्वाद दिया एवं उनसे अपना अभीष्ट वरदान माँगने को कहा। चित्र ने कहा कि, "हे प्रचण्ड रश्मियों वाले देव! यदि आप मेरी तपस्या से सन्तुष्ट हैं तो मुझे अच्छी मति और प्रत्येक कर्म में वरिष्ठता प्रदान करें।" सूर्यदेव ने उन्हें ऐसा ही होने का वरदान दिया और इस प्रकार **सूर्यवंशी चित्रगुप्त** सब कुछ जानने वाले हो गए। इस बात को जब धर्मराज ने जाना तो उन्होंने बड़ा विचार किया कि ये मेधावी यदि मेरे यहाँ लेखक बन जाएँ तो मेरा बहुत बड़ा कार्य हो जाएगा एवं मैं भी निश्चिन्त रहूँगा। यमराज ऐसा सोच ही रहे थे कि चित्र समुद्र के किनारे स्थित अग्नितीर्थ में स्नान करने के लिए पहुंचे। वहाँ जल में प्रवेश करते ही यमराज के आदेशपालक दूत उन्हें सशरीर यमलोक ले आए और इस प्रकार वे चित्रगुप्त के नाम से पूरे विश्व का चरित्र लिखने वाले बन गए।

फिर से, हमें यहाँ ध्यान देना चाहिएः एक संदेह उठता है कि पद्मपुराण के सृष्टिखण्ड में चित्रगुप्त को ब्रह्मदेव के शरीर से उत्पन्न बताया गया और स्कन्दपुराण के प्रभासखण्ड में उन्हें मित्रकुलोद्भव (सूर्यवंशी) बता रहे हैं, यह विरोधाभास क्यों ?

इसका उत्तर है कि स्कन्दपुराण के मानसखण्ड में वर्णित पृथ्वीशाप, शिवपुराण आदि में वर्णित शिवशाप आदि के कारण ब्रह्मदेव की प्रत्यक्ष पूजा बहुधा नहीं होती। उन्हें सूर्यरूप में पूजा जाता है। पञ्चायतनक्रमार्चन और आथर्वणपरम्परा में भी ब्रह्मदेव को सूर्यरूप में ही स्थापित किया गया और दोनों का समान नाम 'हिरण्यगर्भ' उल्लिखित किया गया है अतः यहाँ अभेदबुद्धि से सूर्य को ब्रह्मार्थ में रूढ़ समझना चाहिए।

पद्मपुराण, पातालखण्डः
श्लोकः

धर्मराजस्य सचिवौ दत्तावस्य तु वेधसा।
असतां दण्डनेतारौ नृपनीतिविचक्षणौ॥

यथार्थवादिनौ स्यातां शान्तिकर्मणि तावुभौ।
कायस्थसंज्ञया ख्यातौ सर्वकायस्थपूर्वजौ॥
हररनुग्रहोऽप्यास्ते तयोश्चित्रविचित्रयोः।
एकविंशतिभेदेन याभ्यां कायस्थजातयः॥
विचित्रस्य सुताः पञ्च सम्बभूवन् महाशयाः।
कलीरः सुसमः सूक्ष्मः सङ्गवान् कर्मकस्त्वमी॥
भामिनीकुक्षिजास्तावच्छार्दूलगुणशालिनः।
तेषान्तु कल्पयामास कश्यपो जातकर्म वै॥
तदाचरति तत्पूर्वं नामगर्भादिवैदिकम्।
तयोः कुलपतिस्तस्मातावत् कश्यपसम्मतः॥
व्यातेने सकलाभीष्टमाशीः शतसमुच्चयैः।
एतावेते च सर्वे स्युर्गोत्रिणः कश्यपाभिधाः॥
अनेकव्यवहारज्ञः क्षत्रियान्वयजश्च सः।
तेषामुत्तमतां यायात् कायस्थोऽक्षरजीवकः॥
भवन्तौ क्षत्रवर्णस्थौ द्विजन्मानौ महाशयौ।
कृतोपवीतिनौ स्यातां वेदशास्त्राधिकारिणौ॥
पूर्वपुण्यबलोत्कर्षसाध्यसाधनभाविनौ।
सर्वज्ञकल्पौ भूयातां भगवद्गतमानसौ॥

अर्थ: विचित्र को अपनी पतिव्रता पत्नी भामिनी से पाँच पुत्र हुए - कलीर, सुसम, सूक्ष्म, सङ्गवान् और कर्मक। ये सब बड़े पराक्रमी, धर्मात्मा और पितृभक्त थे। कश्यप ऋषि ने इन सबके वैदिक नामकरण आदि संस्कार किए, इन्हें पढ़ाया-लिखाया भी इसीलिए कायस्थों के गोत्र कश्यप के ही नाम से हैं। इस प्रकार सभी के व्यवहार को जानने वाले आप दोनों क्षत्रियवर्ण के अन्तर्गत श्रेष्ठता को प्राप्त करेंगे। कायस्थ अक्षरजीवी (लेखन की आजीविका) वाले होंगे। आप दोनों महाशय द्विजाति के अन्तर्गत क्षत्रिय होंगे तथा यज्ञोपवीत से सम्पन्न होकर वेदादि शास्त्रों के अधिकारी होंगे। हे चित्र और विचित्र! पूर्वजन्म के महान् पुण्यबल से आप भगवान् में चित को लगाकर सर्वज्ञ हो जाएँगे।

स्कंदपुराण, रेणुकामहात्म्यः

स्कन्दपुराण में दालभ्य गोत्रीय कायस्थ-वंश का मुख्य सन्दर्भ है। ये क्षत्रिय थे और चन्द्रसेन के पुत्र थे। चंद्रसेन सहस्त्रबाहु के पुत्र हैं। इन क्षत्रियों को कायस्थ कुल में शामिल किया गया था, लेकिन वे पहले कायस्थ नहीं थे। दालभ्य ऋषि के भगवान परशुराम से अनुरोध करने पर चन्द्रसेन के वंशज जो कि सहस्रबाहु

कार्तवीर्य अर्जुन के पुत्र थे और हैहय वंश के क्षत्रिय थे उनको कायस्थ शब्द से संबोधित किया गया क्यूंकि वे अपने माता की काया में स्थित थे। परंतु इनको अलग गोत्र और स्थान देना आवश्यक हो गया और क्षत्रिय होते हुए भी ये केवल लेखनी आदि का और राज्य के उच्च पदों पर रहकर सेवा करने का एवं अपनी विद्या से राज्य का कल्याण करने का कार्य करते हैं। इनके लिए हरिहर की उपासना ही प्रधानता से बताई गई है। इसीलिए आचार्यगण इनको क्षत्रिय धर्म से भिन्न मानते हैं, एवं इनका विवाह शुद्ध-कुलीन चित्रगुप्त-वंशी क्षत्रिय कायस्थों में नहीं होता है। इनकी परंपरा मूलतः गुजरात और महाराष्ट्र में ही पायी जाती है अन्य जगह नहीं। इसके प्रमाण में निम्न अंकित श्लोकों को देख सकते हैं।

श्लोक:

एवं हत्वार्जुनं रामः सन्धाय निशितान् शरान्।

एक एव ययौ हन्तुं सर्वानेवातुरान् नृपान्॥

केचिद्गहनमाश्रित्य केचित् पातालमाविशन्।

सगर्भा चन्द्रसेनस्य भार्य्या दाल्भ्याश्रमं ययौ॥

ततो रामः समायातो दाल्भ्याश्रममनुत्तमम्।

पूजितो मुनिना सद्यः पाद्याध्यार्याचमनादिभिः॥

ददौ मध्याह्नसमये तस्मै भोजनमादरात्।

रामस्तु याचयामास हृदिस्थं स्वमनोरथम्॥

याचयामास रामाच्च कामं दाल्भ्यो महामुनिः।

ततस्तौ परमप्रीतौ भोजनं चक्रतुर्मुदा॥

भोजनानन्तरं दाल्भ्यः पप्रच्छ भार्गवं प्रति।

यत्त्वया प्रार्थितं देव तत् त्वं शंसितुमर्हसि॥

राम उवाच

तवाश्रमे महाभाग सगर्भा स्त्री समागता।

चन्द्रसेनस्य राजर्षेः क्षत्रियस्य महात्मनः॥

तन्मे त्वं प्रार्थितं देहि हिंसेयं तां महामुने।

ततो दाल्भ्यः प्रत्युवाच ददामि तव वाञ्छितम्॥

दाल्भ्य उवाच

स्त्रियो गर्भममुं बालं तन्मे त्वं दातुमर्हसि।

ततो रामोऽब्रवीद्दाल्भ्यं यदर्थमहमागतः॥

क्षत्रियान्तकरश्चाहं तत् त्वं याचितवानसि।

प्रार्थितश्च त्वया विप्र कायस्थो गर्भ उत्तमः॥

तस्मात्कायस्थ इत्याख्या भविष्यति शिशोः शुभाः।
एवं रामो महाबाहुर्हित्वा तं गर्भमुत्तमम्॥
निर्जगामाश्रमातस्मात् क्षत्रियान्तकरः प्रभुः।
कायस्थ एष उत्पन्नः क्षत्रिय्यां क्षत्रियात्ततः॥
रामाज्ञया स दाल्भ्येन क्षत्रधर्माद्वहिष्कृतः।
कायस्थधर्मोऽस्मै दत्तश्चित्रगुप्तश्च यः स्मृतः॥
तद्गोत्रजाश्च कायस्था दाल्भ्यगोत्रास्ततोऽभवन्।
दाल्भ्योपदेशतस्ते वै धर्मिष्ठाः सत्यवादिनः॥
सदाचारपरा नित्यं रता हरिहरार्चने।
देवविप्रपितृणाञ्च अतिथीनाञ्च पूजकाः॥

अर्थः दाल्भ्य ऋषि ने परशुरामजी का सत्कार करके मध्याह्न भोजन कराया और उनके आगमन का कारण पूछा तो परशुरामजी ने कहा कि यहाँ महात्मा राजर्षि चन्द्रसेन की गर्भवती पत्नी आयी है, उसके गर्भ को नष्ट करने आया हूँ। दाल्भ्य ने कहा कि मैं कुछ माँगूगा तो आप देंगे? परशुरामजी ने स्वीकृति दे दी तो दाल्भ्य ने उस बच्चे को ही माँग लिया। परशुरामजी ने कहा कि ठीक है, अब जिस बच्चे को मैं मारने आया था, उसे ही आपने माँग लिया है तो मैं उसे नहीं मारूँगा किन्तु फिर मेरी प्रतिज्ञा का क्या होगा ? दाल्भ्य ऋषि ने कहा कि इस बालक को मैं क्षत्रियत्व से बहिष्कृत करके अपने गोत्र में स्थान दूँगा और चित्रगुप्त की व्यवस्था में इसकी प्रतिष्ठा होगी। परशुरामजी ने कहा कि ठीक है।

(टिप्पणीः तद्गोत्रजाश्च कायस्था दाल्भ्यगोत्रास्ततोऽभवन्।

इस पंक्ति से यह बिल्कुल स्पष्ट है कि दाल्भ्य गोत्रीय कायस्थ कायस्थों की एक अतिरिक्त शाखा बन गई। (हालाँकि चित्रगुप्त की व्यवस्था इसके पहले से ही अस्तित्व में थी)।

इस प्रकार मेरी प्रतिज्ञा बच जाएगी। यह बालक माता के शरीर में स्थित हुआ ही आपके द्वारा रक्षित हुआ है तो यह और इसके वंशज अब कायस्थ कहलायेंगे जो चित्रगुप्त के अन्तर्गत होंगे। फिर वे कायस्थ धर्मनिष्ठ, सत्यवादी, सदाचारी, श्रीविष्णु एवं श्रीशिव के उपासक एवं देवता, ब्राह्मण, पितर और अतिथियों की पूजा करने वाले हुए।

श्लोकः

विद्या वाश्च्य शुचि; धीरो, दाता परोप्कराकः।
राज्य सेवी, क्षमाशील; कायस्थ सप्त लक्षणा॥
(वहीं, रेणुका माहात्म्य, स्कंदपुराण)

अर्थ: विद्या का वाणी पर विराजमान होना, शौच का पालन करना, धीर होना, दानशील होना, परोपकारी होना, राज्यसेवी होना एवं क्षमाशील होना यह कायस्थ के सात लक्षण हैं।

भविष्य पुराणः

कायस्थ कुल को समझने में इस शास्त्र का बड़ा महत्व है। लेखक ऐसा इसलिए कह रहे हैं क्योंकि यह शास्त्र हमें शुद्ध वर्ण क्षत्रियकायस्थ और वर्ण संकर कायस्थ दोनों, कायस्थ कुल परंपराओं के अलगाव को पहचानने में मदद करता है।

भविष्य पुराण के श्लोकः

इत्याकर्ण्य ततो ब्रह्मा पुरुषं स्वशरीरजम्।

प्रहृष्य प्रत्युवाचेदमानन्दितमतिः पुनः॥

स्थिरचित्तं समाधाय ध्यानस्थमतिसुन्दरम्।

मच्छरीरात् समुद्भूतस्तस्मात् कायस्थसंज्ञकः॥

चित्रगुप्तेति नाम्ना वै ख्यातो भुवि भविष्यसि।

धर्माधर्मविवेकार्थं धर्मराजपुरे सदा॥

स्थितिर्भवतु ते वत्स ममाज्ञां प्राप्य निश्चलाम्।

क्षत्रवर्णोचितो धर्मः पालनीयो यथाविधि॥

प्रजाः सृजत भो पुत्र भुवि भारसमन्विताः।

तस्मै दत्त्वा वरं ब्रह्मा तत्रैवान्तरधीयत॥

अर्थ: अपने शरीर से उत्पन्न उस पुरुष की बात सुनकर ब्रह्मदेव बहुत ही प्रसन्न हुए और उन्होंने कहा— 'मेरे शरीर से उत्पन्न होने के कारण तुम्हारी 'कायस्थ' संज्ञा होगी। तुम संसार में चित्रगुप्त के नाम से प्रसिद्ध होगे। धर्म और अधर्म के विवेक के लिए तुम धर्मराज के लोक में निवास करोगे। वहाँ मेरी आज्ञा से तुम्हारी अचल स्थिति होगी। तुम्हारे द्वारा क्षत्रियों का धर्म पालन किया जाना चाहिए। हे पुत्र! संसार में और भी प्रजाओं की उत्पत्ति करो।' ऐसा वरदान देकर ब्रह्मदेव अन्तर्धान हो गए।

आगे पुलस्त्य ऋषि के वचन इस प्रकार हैं:

श्लोकः

पुलस्त्य उवाच

चित्रगुप्तान्वये जाताः शृणु तान् कथयामि ते।

श्रीमद्रानागरा गौराः श्रीवत्साश्चैव माथुराः॥

अहिफणाः सौरसेनाः शैवसेनास्तथैव च।

वर्णावर्णद्वयञ्चैव अम्बष्ठाद्याश्च सत्तम॥

शृणु तेषाञ्च कर्माणि कुरुवंशविवर्द्धन।
पुत्रान् वै स्थापयामास चित्रगुप्तो महीतले॥
धर्माधर्मविवेकज्ञश्चित्रगुप्तो महामतिः।
भूस्थानं बोधयामास सर्वसाधनमुत्तमम्॥

अर्थः पुलस्त्य बोले – चित्रगुप्त के जो वंशज हुए, उनके नाम इस प्रकार हैं— श्रीमद्र, नागर, गौर, श्रीवत्स (श्रीवास्तव), माथुरा (मथुरा), अहिफण, सौरसेना(सक्सेना), शैवसेना(सेन) आदि। इनमें वर्ण (क्षत्रिय) (शुद्ध) भी है। और अम्बष्ठ आदि अवर्ण (वर्णसंकर) भी हैं। हे कुरुवंश के वर्द्धक भीष्म! अब इनके कर्मों को सुनो। चित्रगुप्त ने अपने पुत्रों को पृथ्वी पर स्थापित किया और धर्म तथा अधर्म के विवेक से युक्त महामति चित्रगुप्त ने इन्हें सभी संसाधनों से युक्त उत्तम निवासस्थान देकर कहा—

श्लोकः

पूजनं देवतानाञ्च पितृणां यज्ञसाधनम्।
वर्णानां ब्राह्मणानाञ्च सर्वदातिथिसेवनम्॥
प्रजाभ्यः करमादाय धर्माधर्मविलोकनम्।
कर्त्तव्यं हि प्रयत्नेन पुत्राः स्वर्गस्य काम्यया॥
या माया प्रकृतिः शक्तिश्चण्डी चण्डप्रमर्दि्दनी।
तस्यास्तु पूजनं कार्यं सिद्धिं प्राप्य दिवं गताः॥
स्वर्गाधिकारमासाद्य यतो यज्ञभुजः सदा।
भवद्भिः सा सदा पूज्या ध्यातव्या सफलादिभिः॥
भवन्तं सिद्धिधदा नित्यं पुत्रदा सा तु चण्डिका।
तन्त्रोक्ता न सुरा पेया या न पेया द्विजातिभिः॥
वैष्णवं धर्ममाश्रित्य मद्वाक्यं प्रतिपालय।
कर्त्तव्यं हि प्रयत्नेन लोकद्वयहिताय वै॥
अनुशिष्य सुतानेवं चित्रगुप्तो दिवं ययौ।
धर्मराजस्याधिकारी चित्रगुप्तो बभूव ह॥

अर्थः 'हे पुत्रों! देवताओं और पितरों का पूजन करना। यज्ञ आदि करना, ब्राह्मणों और अतिथियों की सेवा करना। स्वर्ग की कामना से धर्म और अधर्म का निरीक्षण करते हुए प्रजा से कर (टैक्स) संग्रह करना।'

(टिप्पणीः क्षत्रिय का कार्य कर एकत्र करना है, जिसका उल्लेख महाभारत शांति पर्व और अन्य शास्त्रों में भी किया गया है।)

चण्डासुर को मारने वाली चण्डी **देवी महिषासुर मर्दिनी**, जो माया और प्रकृति हैं, उनकी फल आदि से पूजा करते रहना, जिससे प्रसन्न होकर वे तुम्हें कार्यों में सफलता, पुत्र और मरने के बाद स्वर्ग आदि दिव्य लोक प्रदान करेंगी। तन्त्र में जो मदिरा द्विजातियों के लिए पीने नहीं कही गयी है, उसका पान तुम भी मत मरना। विष्णु भगवान् के द्वारा वर्णित **सात्त्विकवैष्णवाचार** का आश्रय लेकर लोक और परलोक के हित की कामना से मेरे वचनों का पालन करना। इस प्रकार से अपने पुत्रों को आदेश देकर भगवान् चित्रगुप्त दिव्यमार्ग से यमराज के यहाँ जाकर उनके अधिकारी बन गए।

इस प्रकार हमने इस विषय के पौराणिक शास्त्रों के प्रमाणों को प्रस्तुत कर के आप के समक्ष ही इन भावों की प्रस्तुति और अभिव्यक्ति की है। इसे गंभीरता से विचार करना चाहिए और शास्त्र बल का विचार करना चाहिए तथा उसकी अन्य ग्रन्थों से समीक्षा कर के ही जो सत्य सामने आ रहा है उसे स्वीकार करना चाहिए। अस्तु, अब हम आगे के प्रमाणों की चर्चा करते हैं।

3

अध्याय ३: कायस्थ कुल का तंत्रोक्त वर्णन

जिस प्रकार से निगम ग्रंथों की प्रमाणिकता मान्य है, ठीक उसी प्रकार वेद से सम्मत सिद्धांत के प्रतिपादन में तंत्रोक्त (आगमोक्त) विधान की भी सत्ता मान्य है। आगम या जिसे सामान्य भाषा में तंत्र के नाम से जाना जाता है उसे हम यहाँ इस अध्याय में प्रस्तुत कर रहे हैं।

आचार्य निर्णय तंत्र:

आचार्य निर्णयाय तंत्र (जो कायस्थों को कलियुग में क्षत्रिय धर्म का पालन करने की भी स्पष्ट घोषणा करता है): (आचारनिर्णयतन्त्र, पटल— ३७ के अंश):

"कायस्थ मसीश (जो बाद में चित्रगुप्त कहलाए), उनका बड़ा विस्तृत समाधान श्रीशिवजी ने आचारनिर्णयतन्त्र के ३७वें पटल में वर्णन किया है।

ब्रह्मदेव से उत्पन्न होकर और दिव्य लेखनी तथा स्याही के स्वामी होकर भी मसीशदेव वैदिक लेखन नहीं कर पाते थे तो उन्हें तपस्या करने की इच्छा हुई किन्तु क्या और कैसे करूँ, इसमें कोई निर्णय न ले सकने के कारण वे तपस्वी ब्राह्मणों के पास जाकर सेवा की इच्छा प्रकट करने लगे। कोई ब्राह्मण स्नान, तपस्या आदि करने जाते तो बड़ी भक्ति से हाथ जोड़कर उनके पास जाकर भूखे-प्यासे खड़े रहते और कहते कि आपके आश्रम तक आसन और सामग्रियों को में मस्तक पर ढोकर ले जाऊँगा। किन्तु मसीश देव को कोई ब्राह्मण

अपना आसन आदि छूने नहीं देते क्योंकि क्षत्रिय के समान होकर भी उन्होंने तबतक द्विजातिविहित वेदोक्त उपनयन आदि की दीक्षा नहीं ली थी।"

श्लोक देखें—

जन्मावधि द्विजार्चायां मतिरेव निरन्तरम्।
कुशासनादि सकलं गृहीत्वा मस्तकोपरि॥
अनुगच्छामि सततमिति चिन्तामनाः सदा।
शठत्वाच्चतुरत्वाच्च विप्रसेवामनुक्षणम्॥
वाञ्छत्येव मसीशः स सदोद्वेगीतिमावहन्।
ब्राह्मणं हीश्वरं ज्ञात्वा भक्त्या स्तौति पुटाञ्जलिः॥
यं यं गच्छति विप्रश्च मसीशश्चानुगच्छति।
नद्यादौ गत्वा चेद्विप्रः स्नात्वा कुर्यात्तपोऽपि च॥
वत्तावच्च तिष्ठेत् स क्षुधया पीडितोऽपि च।
तथापि नासनं लाति शिरे धर्त्तु द्विजोऽपि च॥
मसीशायादीक्षिताय क्षत्रवैश्योपमाय च।
अशूद्रायेति वोढुं न ददात्येवासनादिकम्॥

फिर शिवजी ने बताया कि मसीशदेव ने आलस्य के कारण अपना उपनयन, आदि कराकर वेदों का अधिकार प्राप्त नहीं किया था, फलतः दिव्य कलम और स्याही से युक्त होने के बाद भी वे लौकिक लेखन तो कर लेते थे किन्तु वैदिक लेखन नहीं कर पाते थे। सत्ययुग बीत गया, त्रेतायुग और द्वापरयुग भी बीत गया किन्तु वे मसीशदेव ब्राह्मणों की सेवा करने का प्रयास नहीं छोड़ रहे थे। बाद में ब्राह्मणों ने उनकी निष्ठा देखकर कृपा करके उन्हें बगलामुखी महाविद्या का मन्त्र प्रदान किया, जिसके फलस्वरूप उनमें संस्कार का जागरण हुआ और वे आसन आदि मस्तक पर ढोने लगे। इस प्रकार कलियुग में कायस्थ ब्राह्मणों के मार्गदर्शन में चलने लगे।

श्लोक देखें -

गृहीतवान्न तत् किञ्चिन्मसीशोऽलसतः शिवे।
अतो यज्ञोपवीती न ते हि यज्ञोपवीतिनः।
एते स्युर्वैदिकाचारा मसीशो हि स्वभावतः।
मस्या सह तु लेखन्या सर्वं लेखितुमीश्वरः॥
लिखितुं नैव शक्नोति वैदिकं किञ्चितं किल।

अतो हृदि विचार्याथ खेदेन विप्रमीश्वरम्॥

ज्ञात्वा भक्त्यानुगच्छेद्धि यत्र याति धरासुरः।

कृतत्रेताद्वापरेषु गतेष्वपि मसीशकः॥

तदपि त्यक्तवान्नैव दृढां भक्तिं द्विजेषु च।

ततो हि कृपया विप्रः कायस्थमनुगृह्य हि॥

सालसं प्राददद्विद्यां बगलेति तव प्रिये॥

यतो दीक्षामात्रमेव पवित्रः कार्यसिद्धिता।

ततः कुशासनादींश्च वोढुं प्रादात् शिरोपरि।

एवं प्रकारेण कालि विप्राणामनुगाः कलौ॥

इस प्रकार सबसे प्रथम कलियुग में मसीशदेव ब्राह्मणों की सेवा करते हुए बगलामुखी की तपस्या में लीन रहे। उसी काल में एक सुयज्ञ नाम के राजा हुए जिन्होंने गोमेध यज्ञ करने हेतु चार योजन के क्षेत्र में रहने वाले सभी ब्राह्मणों को आमन्त्रित किया। इसमें एक समस्या यह हो गयी कि कार्यभार के कारण एक सुतपा नाम के श्रेष्ठ ब्राह्मण को वे निमन्त्रण भेजना भूल गए। सुतपा की पत्नी ने यह जानकर कहा कि लगता है, राजा ने आपको मूर्ख ब्राह्मण समझा होगा, इसीलिए निमन्त्रण नहीं भेजा। आप तो बस मेरे सामने ही पण्डित बने फिरें, बाहर आपकी कोई प्रतिष्ठा नहीं। सबको बुलाया, मात्र मुझे नहीं, यह सोचकर सुतपा को खिन्नता तो हुई किन्तु उन्होंने अपनी पत्नी को समझाते हुए कहा कि, "देवि! ब्राह्मण को सन्तोषी होना चाहिए, अधिक की कामना नहीं करनी चाहिए। हमें जीवन चलाने के लिए जितने की आवश्यकता है, उतने का प्रबन्ध तो है ही न। विद्वान् होकर भी सदाचारी न हो तो कैसा विद्वान्? उससे श्रेष्ठ तो वह मूर्ख है जो अधिक नहीं पढ़ा किन्तु कम से कम सन्ध्याकर्म आदि सदाचार तो करता है।"

कलिप्रथमतो राजा क्षत्रियाणां महाबलः।

सुयज्ञनामा गोमेधमखमारब्धवान् प्रिये॥

आहूतवांश्च सर्वान् स चतुर्योजनमध्यतः।

ब्राह्मणान् भ्रान्तिवशतः केवलं सुतपसं विना॥

प्राप्ताह्वानद्विजान् यातो दृष्ट्वा सुतपसः प्रिया।

धवं तिरस्कृतवती यथैतच्छृणु कालिके॥

हे स्वामिंस्त्वां नृपो मूर्ख मत्वा नाहूतवान् मखे।

केवलं तव पाण्डित्यं मत्समीपे न शोभते॥

सुतपा उवाच

कान्ते ब्रवीमि विप्राणां यत्कर्त्तव्यं शृणुष्व तत्।

यात्रामात्रं वहन्नन्नं काङ्क्षितव्यं न चाधिकम्॥

विद्वांश्चेद्विद्यया दातव्या क्वापि नानार्जवं चरेत्।

मूर्खश्चेत्केवला सन्ध्या सदोपास्या प्रयत्नतः॥

इसपर उनकी पत्नी ने कहा कि, "अच्छी बात है। आपकी यह महानता आप ही अपने पास रखें। आप श्रेष्ठ ब्राह्मण बने रहें, मैं आपके सामने ही मरने जा रही हूँ। मेरे ये कांसे के कंगन ही मेरे अन्तिम साथी होंगे।" इस गृह-क्लेश से व्यथित होकर सुतपा ने कहा कि, "अभी तुम्हारे मन में धन की तीव्र इच्छा है इसीलिए मेरी बात नहीं समझ रही हो"। ऐसा कहकर बिना निमन्त्रण के ही यज्ञ कर रहे राजा सुयज्ञ के पास गए और बोले कि, "बिना बुलाए कहीं जाना ब्राह्मण और क्षत्रिय के लिए मरण के समान है, फिर भी मैं तुम्हारी सभा में आया हूँ। तुम मेरी बात सुनो, मेरी अवहेलना करने के कारण तुम्हारा यह यज्ञ श्रीहीन और भ्रष्ट हो जाए।"

ब्राह्मण्युवाच

सुमानुषत्वं ते कान्त सुविप्रत्वं धव त्वयि।

तिष्ठत्वेव चिरं विप्र तेऽन्तौ मे मरणं शिवम्॥

कांस्यकङ्कणवलयौ सङ्गिनौ मे मृतावधि।

सुतपा उवाच

प्रिये ते ह्यधुना तीव्रं धनान्तःकरणं सदा।

विना निमन्त्रितेनापि गत्वा चानीयते धनम्॥

इत्युक्त्वा सुतपा कान्तां गत्वा राजसभां प्रिये।

रान्तं सुयज्ञं वरणं प्रोवाच नृपतिं द्विजः॥

रे सुयज्ञ विनाह्वानैरगच्छं ते सभामहम्।

विप्राणां मरणं राजन् क्षत्रियाणां तथैव च॥

कृतं तदपि नाहं रे त्वया दृष्टः स्वचक्षुषा।

भ्रष्टो भवतु ते यज्ञः श्रीश्च यातु स्थलान्तरम्॥

ऐसा शाप देकर सुतपा वहाँ से जाने लगे तो राजा सुयज्ञ भयभीत हो गए। उनका पूरा राज्य, धन, खजाना, सब नष्ट हो गया। उन्हें समझ ही नहीं आया कि क्या हुआ है। अङ्गिरा आदि यज्ञकर्ता महर्षि भी जाने लगे तो राजा सुयज्ञ अत्यन्त विनग्रता से महर्षि सुतपा के पास जाकर बोले कि, "मैंने जानबूझकर कोई गलती नहीं की है, मुझसे असावधानी में यह अपराध हो गया है कि आपको निमन्त्रण नहीं प्राप्त हो सका।" फिर अङ्गिरा आदि ने भी सुतपा मुने से क्षमा याचना की। राजा सुयज्ञ बोले कि, "ब्राह्मण तो पृथ्वी के चलते फिरते देवता हैं, साक्षात् करुणा और दया की मूर्ति होते है, आप मेरे इस अज्ञात पाप को क्षमा करें।" इस बात

पर सुतपा ने कहा कि, "कोई बात नहीं, राजन्! आपका कल्याण हो। आप अपने यज्ञ को पूर्ण करें।" फिर राजा सुयज्ञ ने भक्तियुक्त चित्त से अपनी राजसभा में सुतपा का विधिपूर्वक सम्मान करके उन्हें दस हज़ार चांदी के सिक्के निवेदित किए। फिर राजा सुयज्ञ ने कहा कि, "एक ब्राह्मण के अपमान से इतना अनर्थ हो गया। महाराज ! एक प्रश्न का उत्तर दें। अभी तो घोर कलियुग आने वाला है। उसमें ब्राह्मणों का तो बहुत अपमान होगा। उस समय क्या कोई ब्राह्मणों का सम्मान करेगा?"

तब सुतपा ने कहा— "सुयज्ञ! ये जो तुम्हारे सामने ब्राह्मणों का आसन अपने मस्तक पर लेकर खड़े हैं, इन्हें जानते हो? ये साक्षात् ब्रह्माजी के शरीराङ्ग से उत्पन्न मसीशदेव है। इनकी विनम्रता देखो। इनके ही वंशज कायस्थ होंगे जो ब्राह्मणों का ईश्वर के समान सम्मान करेंगे। महाविद्याओं की उपासना करने वाले वे कायस्थ गुण में क्षत्रिय होंगे। पहले क्षत्रियों के अभाव में और फिर वैश्यों के अभाव में ये कायस्थ ही कलियुग में ब्राह्मणों के सम्मान की रक्षा करने वाले होंगे। सुयज्ञ! इन मसीश कायस्थों की बुद्धि कल्याणकारिणी होगी। ये ब्राह्मणों के प्रिय भक्त होकर महाविद्या की उपासना करते हुए उनकी सेवा और वन्दना करेंगे। महाविद्या प्राप्त करके और कलियुग में क्षत्रिय के कर्तव्यों का पालन करेंगे।"

कृपया श्लोकों का ध्यान रखें:

सुतपा उवाच

हे सुयज्ञ नृपश्रेष्ठ ब्राह्मणातिप्रियो नृप।

पश्यैतान् विप्रभृत्यांस्त्वमासनादिशिरोधृतान्॥

एतद्घोरकलावेते भविष्यन्ति द्विजार्चकाः।

जात्या मसीशाः कायस्था ब्राह्मणेश्वरमानसाः॥

महाविद्योपासकाश्च गुणतः क्षत्रियोपमाः।

कलौ हि क्षत्रियाभावात् वैश्याभावाच्च सुव्रत॥

एते भक्त्या भविष्यन्ति विप्रामानसहिष्णवः।

विप्रप्रिया विप्रभक्ता विप्रमानप्रदा यतः॥

महाविद्याप्तितश्चैते क्षत्रकर्मकृतः कलौ।

मस्या एवेश इत्यस्मात् मसीशोऽसौ निगद्यते॥

ब्रह्मणो विप्रमूर्त्तेस्तु पादांशे सम्भवन्ति तत्।

कायस्था इति संज्ञाः स्युः सुयज्ञैषां शिवा मतिः॥

तब सुयज्ञ ने कहा कि, "मेरे पिताजी ने मुझे बताया था कि परब्रह्म का वास्तविक ज्ञान ब्राह्मण को ही हो सकता है, अन्य जातियों को नहीं। ब्राह्मण तो

बिना स्वार्थ के ही सबों के कल्याण की कामना करता हुआ आशीर्वाद देता है। जो ब्राह्मणों की अवहेलना करता है, उनकी बात नहीं मानता, ऐसा व्यक्ति गुरु की अवहेलना का पाप भोगता है। जो ब्राह्मण का सम्मान नहीं करता है, वह व्यक्ति सन्दिग्ध जाति का है। ब्राह्मण संसार का निर्माण और विनाश दोनों ही कर सकते हैं। ब्राह्मण कदाचित् रुष्ट होकर डाँटे भी तो उसे अपना कल्याण समझकर सहन करना चाहिए। एक सच्चे ब्राह्मण का लक्षण यही है कि वह लोभरहित होता है। श्रद्धा से लोग उसे जो दे दें, स्वीकार कर लेता है। सच्चा ब्राह्मण वही है जो किसी से कपट नहीं करता है और बिना अपराध के शाप नहीं देता, ब्राह्मण सदैव दयालु होते हैं, यह सब मेरे पिताजी ने बताया था। हे सुतपा मुनि! आपका मैं अपराधी हूँ, आपको जो उचित लगे, आप वह मेरे साथ करें।" इसके बाद प्रसन्न मन वाले सुतपा मुनि ने राजा सुयज्ञ को कोई वरदान माँगने कहा।

सुयज्ञोवाच

हे नाथ सुतपो विप्र श्रुतं यन्मेऽङ्गकृन्मुखात्।

कृपया शृणु तत्सर्वं ते जातेर्महिमानम्॥

ब्राह्मणो ब्रह्म जानाति नान्यजातिरिति श्रुतिः।

ब्रह्मज्ञानी सदा विप्रो न चेद्ब्राह्मणसंज्ञकः॥

विना प्रयुक्तिं यो विप्र उपकारी स्वयं भवेत्।

आशीः करोति ब्रूते च क्षत्रादीनां शिवं वचः॥

स एव साक्षाद्ब्रह्मेति विप्राणां जातिलक्षणम्।

ब्राह्मणाज्ञावचो ये न गृह्णन्ति पालयन्ति च॥

गुर्वाज्ञालङ्घनं पापं स्पृशेत्तेषां शरीरतः।

पित्रेति सकलं चोक्तं ते च सन्दिग्धजातयः॥

वशीकारादि सकलं सृष्टिस्थितिलयञ्च यत्।

शक्नुवन्ति हि कर्तुं ते विप्राः पित्रेति चोक्तम्॥

विनायासैर्मुदा यो यद्विप्राय शक्तितो ददत्।

मुदा तदेव गृह्णाति विप्राणामिति लक्षणम्॥

केषामपि न कापट्यं कुरुते ब्राह्मणः क्वचित्।

विनापराधैर्न शपेदिति तज्जातिलक्षणम्॥

दयालुश्च सदा विप्र इति पुत्र हृदि स्मरन्।

भौत्या भक्त्या सदा पूज्यः पित्रेति ब्रूतवांश्च मे॥

शृणु पुत्र प्रवक्ष्यामि सावधानं समाचार।

घ्नन्तं बहुशपन्तं वा नैव द्रुह्यति भूसुरम्॥

सुतपो नाथ मे पित्रा यद्यदुक्तं तदुक्तवान्।
त्वञ्चापि ब्राह्मण ब्रह्म यथारुचि तथा कुरु॥
श्रुत्वैतत् सुतपा विप्र उवाच परमादरम्।
राजन् वरं वृणु वृणु यत्ते मनसि वाञ्छितम्॥

राजा सुयज्ञ ने भविष्य को ध्यान में रखकर कहा कि, "हे भगवन्! आगे जब परशुरामजी क्षत्रियों का विनाश करेंगे तो वे मुझे भी मारने आएँगे। उस समय मेरी रक्षा हो जाए, ऐसा आप मुझे वरदान दें।" सुतपा ने कहा कि, "चिन्ता मत करो। विन्ध्याचल से नैर्ऋत्य दिशा में स्वर्णदा नदी के मध्य बारह कोश विस्तार का एक टापू है। अपने यज्ञ को पूर्ण करके तुम वहीं चले जाना, वहाँ सुरक्षित रहोगे। भविष्य में जब परशुरामजी तुम्हें मारने आएँगे तो तुम बचे रहोगे। यदि फिर भी वे तुमपर आक्रमण करते हैं तो वे काणे हो जाएँगे। परशुरामजी के शान्त होने पर अगले सत्ययुग में तुम पुनः जम्बूद्वीप के राजा बन जाओगे, तब तक बीजरूप से वहीं निवास करो। मैं तुम्हारी भक्ति से सन्तुष्ट हूँ, कोई और भी इच्छा हो तो वरदान माँग लो।"

सुतपा उवाच

यज्ञं समाप्य सुखतः प्रगच्छेर्विन्ध्यनैर्ऋतिम्।
तत्र वै स्वर्णदानद्या मध्ये द्वीपोऽस्ति सुन्दरः॥
द्वादशक्रोशमानी हि तद्गत्वा वसतिं कुरु।
यदा परशुरामस्ते कच्चिच्छेत्ता भविष्यति॥
भविष्यति च काणः स नय ते वाञ्छितं वरम्।
ततः पुनः कृते राजन् जम्बूद्वीपेश्वरो भवान्॥
भविष्यतीति त्वं बीजरूपेण तिष्ठ तत्र हि।
वरं ते वाञ्छितं गृहण तुष्टोऽहं भक्तितस्तव॥

इसके बाद राजा सुयज्ञ ने मात्र उत्तम बुद्धि और विप्रभक्ति का वरदान माँगा और यज्ञ को पूर्ण करके बताए गए सुरक्षित स्थान पर चले गए। वहीं पर फिर मसीशदेव ने उनका राज्यभार सम्भाला और बाद में स्वयं को स्वर्गलोक के लिए चित्रगुप्त, मर्त्यलोक केलिए चित्रसेन और पाताललोक के लिए चित्राङ्गद, इन तीन रूपों में विभाजित कर लिया। इसमें बगलामुखी का जप करके चित्रगुप्त के स्वर्ग चले जाने और चित्रसेन के पुत्रप्राप्ति के निमित्त बगलामुखी की तपस्या में लग जाने के कारण पृथ्वी का शासन चित्राङ्गद करने लगे। उन्होंने भी बगलामुखी का मन्त्र ग्रहण करके जप करना प्रारम्भ किया किन्तु उनके जप का उद्देश्य ब्राह्मण बनना था। उन्होंने दूसरे ब्राह्मणों का सत्कार करना छोड़ दिया, यहाँ तक

कि सम्मान से देखना भी बन्द कर दिया, गुरु की पूजा भी छोड़ दी। पाँच वर्ष तक मात्र शाम को फल खाकर वे जप करते रहे तो इस बात से ब्राह्मणों को बड़ा क्षोभ हुआ और उन्होंने चित्राङ्गद को पाताल जाने का शाप दे दिया।

उन्होंने कहा कि तुम अज्ञान के कारण उन्मत्त व्यक्ति के समान यह क्या अधर्म कर रहे हो? तुम शीघ्र ही पाताल चले जाओ और वहीं बैठकर बगलामुखी को जपते रहना। अपने अपराध का बोध होने पर चित्राङ्गद को बड़ी ग्लानि हुई और उन्होंने अपना दण्ड स्वीकार करके क्षमा माँगी। तब ब्राह्मणों ने कहा कि, "वत्स! तुम चिन्ता मत करो। तपस्या के फलस्वरूप वरदान मिलने पर देवत्व की प्राप्ति तो हो सकती है किन्तु ब्राह्मणत्व की नहीं। अभी दस हज़ार वर्ष तक तुम पाताल में नागों के राजा बनकर रहो। तुम्हारा जप निष्फल नहीं होगा, उसके बाद जप के प्रभाव से तुम तीनों लोकों के इन्द्रतुल्य शासक बन जाओगे और फिर अन्त में तुम्हारा मोक्ष भी हो जाएगा। हम सदैव तुम्हारे कल्याण की कामना करते हैं।"

बगलेति मनुं प्राप्य विप्रोऽस्मि इति वाञ्छया।
तपश्चकार पञ्चाब्दं नान्नं किञ्चिद्गृहीतवान्॥
फलमूलादिकं किञ्चित् सायमति यथा मिलेत्।
विहाय विप्रस्य गुरोरपि पूजाञ्च पार्वति॥
जपेन्नित्यं हि बगलामन्यविप्रञ्च नेक्षयन्।
ज्ञात्वेति ब्राह्मणाः सर्वे ऊचुश्चित्राङ्गदं क्रुधा॥

रे चित्राङ्गद ! अज्ञस्त्वं वत्स विप्रत्वमिच्छसि।
कदाप्युपानन्मस्तस्थो नैवेति न हि बुध्यसि॥
वत्स शीघ्रमधो गच्छ चिरं कुरु तपो मुदा।
ततः श्रुत्वेति शापं स भक्त्यातिशयमानसः॥
चित्राङ्गद उवाच
हे ब्राह्मणा हे गुरवो मामेवातिनिरागसम्।
कथं शेपुर्भवन्तो हि विप्ररूपा ह ईश्वराः॥
मुखाद्वो श्रुतवान् यद्यत्क्षतिः का तत्समाचरन्।
उपास्यो यस्तद्भवितुं र्सर्वे ट्युद्योगिणः र्युरु॥
जानेऽहं ब्राह्मणो ब्रह्म स्वेच्छया विविधाकृतिः।
नानालीलामाचरितुं मानुषाकृतिरप्यभूत्॥

ब्रुवन्ति चातिमधुरं क्रन्दन्त इव ते द्विजाः।

हे चित्राङ्गद हे विद्वन् दौर्बल्यं त्यज वत्सक॥

दुश्चिन्तां कुरु मा तात भद्रं ते कथयामि ते।

जनस्तपोबलेनैव सर्वं भवितुमर्हति॥

नार्हतीशं विना तात ब्राह्मणो भवितुं किल।

इतीश्वराज्ञा वेदेऽस्ति प्रतिजानीहि तत्त्वतः॥

वरं प्राप्नोति देवत्वं ब्राह्मणत्वं कदापि न।

यथामरत्वमीशेन विना क्वापि न शासने॥

मा दुःखी त्वमधो गच्छ सुखेन बगलां जप।

कलेर्देशसहस्राणि नागलोकेश्वरो भव॥

ततस्त्रिलोकनाथस्त्वमिन्द्रतुल्यो भविष्यसि।

राज्यं भुक्त्वा ततो नैव पुनरावर्तनं तव॥

सदा वयं तव शिवं चिन्तयामो न भीं कुरु।

के जानन्तीदृशं त्वां हि भक्तश्रेष्ठं विवेचकम्॥

(आचारनिर्णयतन्त्र, पटल - ३७ के अंश)

इसी कथा में राजा चित्रसेन जो चित्रगुप्त महाराज के तीन रूपों में से एक थे। इन प्रमाणों से यह सिद्ध होता है कि चित्रगुप्त के तीन रूप हैं। आचार्यनिर्णयतंत्रादि के प्रमाण से इनके नाम हैं—

1. चित्रगुप्त (स्वर्गलोक के वासी)
2. चित्रसेन (भूलोक के वासी)
3. चित्रांगद (नाग लोक के वासी)

आचार्यनिर्णयतंत्र की उपरोक्त कथा के अनुसार चित्रगुप्त का पृथ्वी पर जो रूप था, वह राजा चित्रसेन था। राजा चित्रसेन का वर्णन कई अन्य ग्रन्थों और लोकाचार ग्रन्थों में प्राप्त होता है। राजा चित्रसेन के १२ शुद्ध क्षत्रिय पुत्र थे। इन पुत्रों का उल्लेख निम्नलिखित ग्रन्थों में मिलता है। वंग्गदेश कुलाचारिका, बंगाल-जाति-माला, आदि-शूर-राज-प्रश्न, दक्षिण-रेडियघाटकारिका। इन सभी ग्रन्थों की उत्पत्ति मुख्यतः बंगाल में हुई है, जिसे वंग देश कहा जाता था। इन सभी ग्रन्थों में सामान्यतः निम्नलिखित घोषणाएँ हैं।

श्लोकः

कायस्थस्तस्य पुत्रोऽभूद्बभूव लिपिकारकः।

कायस्थस्य त्रयः पुत्राः विख्याता जगतीतले॥

चित्रगुप्तश्चित्रसेनो विचित्रश्च तथैव च।

चित्रगुप्तो गतः स्वर्गं विचित्रो नागसन्निधौ॥

चित्रसेनः पृथिव्यां वै इति क्षत्रिय प्रचक्ष्यते॥

अथ चित्रसेनादिसुताः।

एते पद्धतिकाराश्च मुनिभिः कथिताः पुरा॥

॥अथ द्वादशशुद्धवंशजाः॥

वसुर्घोषो गुहो मित्रो दत्तो नागश्च नाथकः।

दासो देवस्तथा सेनः पालितः सिंह एव च॥

एते द्वादशनामानः प्रसिद्धाः शुद्धवंशजाः।

टिप्पणीः इसी प्रकार अन्य ग्रन्थों में हमें ८ शुद्ध कायस्थ कुल मिलते हैं, जिन्हें सामान्यतः बंगाली भाषा में मौलिक कायस्थ कुल भी कहा जाता है। श्लोक में बहुत स्पष्ट रूप से कहा गया है।

श्लोकः अथाष्टौ सिद्धमौलिकाः।

मौलिका सिद्धास्ते दत्ताः सेनदासाः करगुहसहिताः पालिताः सिंहदेवाः।

अतः कुलीन क्षत्रिय चित्रसेन कुल इस प्रकार हैं:

1. वसु
2. घोष
3. गुहा
4. मित्र
5. दत्त
6. नाग
7. नाथ
8. सेन
9. सिंह (सिन्हा)
10. पालित
11. देव
12. राहिता

इस प्रकार से हमने अब तक यह देखा है कि न केवल पुराणों में अपितु तंत्र ग्रंथों में भी कायस्थ वंश की विशुद्ध अविच्छिन्न परंपरा को क्षत्रिय माना गया है। वस्तुतः यह भी यहाँ कहना प्रासंगिक ही है कि यह विधान वहीं पर मान्य होगा

जहाँ पर वर्ण परंपरा लगातार बनी हुई है। अस्तु अब आगे हम देखते हैं कि प्रस्तुत विषय में कायस्थ परंपरा के क्षत्रिय होने के स्मृति-नीति-गत क्या शास्त्रीय वाक्य हैं।

आचार्य निर्णय तंत्र का अंतिम निष्कर्ष: यहाँ भी चित्रांग बहुत स्पष्ट रूप से एक राजा है। अपने स्वभाव से और ब्राह्मणों के इस वरदान से एक क्षत्रिय। वह दस हज़ार वर्षों से नागों के राजा हैं और उसके बाद, वह कलियुग में इंद्र के बराबर हो जाएगा।

विज्ञान तंत्र भी यही बात कहता है, जिसमें कहा गया है कि चित्रगुप्त के वंशज जाति से क्षत्रिय हैं।

4

अध्याय ४: कायस्थ कुल का स्मृति एवं नीति प्रोक्त प्रमाण

यम संहिता:

यम संहिता में कायस्थों के क्षत्रिय होने का प्रमाण:—

> "यम संहिता, अहिल्या कामधेनु के नौवें अध्याय से लिया गया उद्धरण है, कहती है कि— धर्मराज ने मनुष्यों के कार्यों का रखने और न्याय करने के अपने सबसे जिम्मेदार कर्तव्यों को निभाने में अपनी कठिनाइयों के बारे में ब्रह्मा से शिकायत की। उन्हें। ब्रह्मा ध्यान में चले गए। चित्रगुप्त अपने शरीर से प्रकट हुए और एक स्याही का बर्तन और एक कलम लेकर उनके सामने खड़े हो गए। भगवान ब्रह्मा (निर्माता) ने कहा: "क्योंकि तुम मेरे शरीर (काया) से उत्पन्न हुए हो, इसलिए तुम्हें काया कहा जाएगा।""

शब्द कल्पद्रुग:

इसी प्रकार, क्षत्रिय के अंतर्गत शब्द-कल्पद्रुम द्वितीय भाग, पृष्ठ 228, शब्द 2 में उद्धृत वेद की आपस्तंब शाखा में कहा गया है कि कायस्थ क्षात्रेय है। स्वर्ग में राज करने वाले चित्रगुप्त और उनके पुत्र चैत्ररथ, जो कुल में प्रकाशवान, मेधावी और यशस्वी थे, ने पृथ्वी पर लंबे समय तक इलाहाबाद के पास चित्रकूट के राजा

के रूप में शासन किया।

शुक्रनीतिः

शुक्रनीति के द्वितीय अध्याय में स्पष्ट रूप से लिखा है:

ग्रामपो ब्राह्मणो योग्यः कायस्थो लेखकस्तथा।

शुल्कग्राहि तु वैश्योहि प्रतिहारश्च पादजः॥

(शुक्र नीति २।४३१-४३२)

अर्थ: ग्राम के कार्यों में ब्राह्मण की प्रधानता होती है, राज्य का लेखा जोखा रखने के लिए और राजकायी निर्णयों के लिए कायस्थ की प्रधानता रहती है। निवेशित शुल्क से धन कमाने में वैश्यों की प्रधानता होती है और दूत और सेवा के प्रकल्पों के लिए प्रधानता से शूद्र को माना गया है।

इससे साफ़ ज्ञात होता है कि लेखक कायस्थ ब्राह्मण, वैश्य, तथा शूद्र वर्णांतर्गत नहीं होते थे। जब चार ही वर्ण माने जाते हैं, तब कायस्थ निश्चय ही क्षत्रिय हैं। अतः, यह कायस्थ क्षत्रिय वर्ण हैं। यहाँ स्पष्टतः कायस्थ शब्द क्षत्रिय शब्द का पर्यायवाची है। हम स्पष्ट रूप से देख सकते हैं कि गाँव के पदानुक्रम में क्षत्रिय के पद के लिए प्रयुक्त शब्द कायस्थ है।

शुक्रनीतिः अध्याय 2 में पुनः एवं महत्वपूर्ण :

पुरोधाच प्रतिनिधिः प्रधानस्सचिवस्तथा।69।

मंत्री च प्राड्विवाकश्च पण्डितश्च सुमन्त्रकः।

अमात्यो दुत एत्येता राज्ञो प्रकृतयो दश ॥70॥

दश प्रोक्ता पुरोद्याद्या ब्राह्मण सर्व एव ते।

अभावे क्षत्रियः योज्यास्तदभावे तयोरुजा॥418॥

नैव शुद्रास्तु सन्योज्या गुणवन्तोऽपि पार्थिवे।

अर्थात्— पुरोहित, प्रतिनिधि, प्रधान सचिव, मंत्री, प्राड्विवाक, पंडित, सुमन्त्र, अमात्य और दूत— ये दशव्यक्ति राजा की प्रकृति है। उक्त पुरोहित आदि दसों लोग ब्राह्मण होने चाहिये, ब्राह्मण के आभाव में क्षत्रिय, क्षत्रिय के आभव में वैश्य भी नियुक्त हो सकते हैं। शूद्र गुणवान होने पर भी राजा उक्त कार्यों के लिये उसे नियुक्त न कर सकेंगे। शुक्रनिति में सन्धि-विग्रहीक को 'सचिव' नाम से उल्लेख किया गया है। यह सन्धि विग्रहक शूद्र नहीं हो सकते यह बात भी शुक्रनिति में स्पष्ट लिखा है।

हारित स्मृति (द्वितीय अध्याय) में भी यही बात स्पष्ट रुप से लिखी गयी हैः शूद्र गुणवान होने पर भी राजा उक्त कार्यों के लिये उसे नियुक्त न कर सकेंगे।

शुक्रनिति (२– २६६,२६७) में लिखा है –

शास्त्रो दूरं नृपातिष्ठेदस्त्रपातादवहि: सदा॥
सशस्त्रोदश हस्तन तु यथादिष्टन नृपप्रिया।
पन्चहस्तन वसैयुर्व मंत्रीण: लेखका सदा॥
(शुक्रनिति २.२६६-२६७)

अर्थात्: राजाओं को आग्नेयास्त्र से और जहाँ अस्त्र गिरते हो- ऐसे स्थानो से सदा दूरी रहना चाहिये। राजा से दश हाथ कि दुरी पर उनके प्रिय शस्त्र-धारी, पाँच हाथ कि दूरी पर एक मंत्री और उनके पास बगल में एक लेखक रहेंगे।

शुक्रनिति (४/५५७-५५८) के अनुसार राजा, अध्यक्ष, सभ्य स्मृति, गणक, लेखक हेम, अग्नि, जल, और सत्पुरुष - ये साधनांग है। उपयुक्त प्रमाण से यह सिद्ध हो जाता है कि जो लेखक राजा के ब्राह्मण मंत्री के पास बैठते थे और जो राजा के अंग गिने जाते थे वे कदापि शुद्र नहीं हो सकते थे।

शुक्र नीति (अध्याय ३२, श्लोक ४२०) में, कायस्थों को लेखाकार के रूप में वर्णित करता है, और अध्याय २, श्लोक १७८ में कहता है कि लेखाकार वेदों, स्मृतियों और पुराणों को जानते थे।(जिसका स्पष्ट अर्थ है वह द्विज है)

अब हम पाठकों का ध्यान अंगिरा स्मृति की ओर आकृष्ट करना चाहेंगे जहाँ पर यह विषय प्रामाणिकता से चर्चित है।

अंगिरा स्मृति के अनुसार ब्राह्मणों को शुद्र के साथ बैठना निषिद्ध था। इस स्थिति में हिन्दु राज सभा में ब्रह्मण मंत्री के पास जो लेखक या कायस्थ बैठते थे, वे द्विज जाति के अवश्य होने चाहिए।

बृहत् ब्रह्म खण्ड: (कमलाकरभट्ट कृत, वह निर्णय सिंधु के लेखक हैं) में लिखा है:

भवान क्षत्रिय वर्णश्च समस्थान समुद्भवात्।
कायस्थ: क्षत्रिय: ख्यातो भवान भुवि विराजते॥

अर्थ: आप एक क्षत्रिय और यह एक जाति हैं, क्योंकि यह एक जगह पर उद्भाषित हो रहा है। आपको शरीर में क्षत्रिय के रूप में जाना जाता है और आपकी पृथ्वी ख्याति हो रही है।

कायस्थ कुल पर स्मृति उद्धरण:

स्मृतियों में ऋषियों के पचन हैं, जो वर्णाश्रम-व्यवस्था और अनुष्ठानों के अनुरूप हैं। अग्निपुराण में स्पष्ट रूप से कहा गया है कि स्मृति-पुराण वेदों के दर्शन हैं। हमें धर्म और शास्त्रों से संबंधित किसी भी अवधारणा की वास्तविकता को समझने के लिए वेद, शास्त्र, पुराण को पढ़ना चाहिए और उनके अर्थ को एक साथ संकलित करना चाहिए।

जैसा कि भविष्य पुराण में कहा गया है, कायस्थों में शुद्ध क्षत्रिय और वर्ण संकर कायस्थ दोनों शामिल हैं। अपने वर्ण से बाहर विवाह करना निषिद्ध है, तथापि द्वापर युग तक बाह्य वर्ण की संतानों का उल्लेख मिलता है, जो सतयुग, त्रेता आदि से ही उत्पन्न हुई थीं। इन मिश्रित वर्णों को कार्य और कर्तव्य प्रदान किए गए हैं, जिनका उल्लेख विभिन्न स्मृतियों में किया गया है। हमें यह याद रखना चाहिए कि व्यक्ति के अधिकार और कर्तव्य उसके जन्म के अनुसार होती हैं, तथा जन्म उसके पूर्वजन्म के कर्मों के अनुसार होता है। स्मृतियों में कायस्थ के विभिन्न प्रकारों का समुचित रूप से विभाजन किया गया है, तथा विभिन्न कार्यों और कर्तव्यों का भी उल्लेख किया गया है। जैसा कि देवीभागवत महापुराण में कहा गया है कि जब वेद-धर्मशास्त्र के एक विषय पर दो भिन्न दृष्टिकोण बताते हैं, तो दोनों को ही धर्म मानना चाहिए। किन्तु जब स्मृतियों में एक ही शब्द या विषय के बारे में मतभेद हो तो यह विचार करना चाहिए कि दो भिन्न स्मृतियों में भी भिन्न-भिन्न बातें इंगित की गई हैं। यह जगद्गुरु वेदव्यास जी, आचार्यों और ऋषियों का निर्णय है।

मिताक्षरा से तात्पर्य कानूनी ग्रंथ से है जो विज्ञानेश्वर नामक विद्वान द्वारा लिखा गया था। इसे हिंदू विधि का एक प्रमुख ग्रंथ माना जाता है, जो मुख्य रूप से संयुक्त परिवार प्रणाली में उत्तराधिकार और संपत्ति के अधिकारों से संबंधित है।

अनिवार्य रूप से, यह याज्ञवल्क्य स्मृति पर एक टिप्पणी है, जो एक मूलभूत हिंदू कानूनी पाठ है, जो के १००० साल पहले (११वीं शताब्दी) के दौरान विज्ञानेश्वर द्वारा लिखा गया था। यहाँ यज्ञवल्क स्मृति में आचाराध्याय (४) का वर्ण-जाति-विवेक प्रकरण है।

यहाँ आप देख सकते हैं कि इस भाग के पहले श्लोक में सवर्ण विवाह की सराहना और प्रशंसा की गई है, जो स्पष्ट रूप से वर्णसंकरता को निषिद्ध करता है। और दूसरे श्लोक में स्पष्ट रूप से उल्लेख किया गया है कि अम्बष्ठ अनुलोम वर्णसंकर हैं जिनमें पिता ब्राह्मण हैं और माता वैश्य कुल से हैं।

श्लोक:

वैश्याशूद्रोस्तु राजन्यान्माहिष्योग्रौ सुतौ स्मृतौ।

वैश्यातु करण: शूद्रां विन्नास्वेष विधि: स्मृत॥

इस श्लोक से यह स्पष्ट हो गया कि अंबष्ट वर्ण संकर (शूद्र) जाती है। यहाँ भविष्य पुराण के शब्द समस्त भ्रांति का नाश करते है, की समस्त कायस्थ क्षत्रिय नहीं। कुछ वर्णसंकर भी हैं।

श्लोक:

वैश्येन शूद्रायां विन्नायां करणो नाम पुत्रो भवति

इस पृष्ठ के अंतिम श्लोक में स्पष्ट वर्णन है कि करण जाति के जन अनुलोम वर्ण संकर कहलालायेंगे।

आचाराध्याय: के अंतर्गत राजधर्मप्रकरण के निम्न श्लोक के मिताक्षरी टिप्पणी पर ध्यान दें।

पटे वा ताम्रपट्टे वा स्वमुद्रोपरिचिन्हितम्।

अभिलेखात्मनो वंश्यानात्मानं च महीपतेप्रतिग्रहपरीमाणं॥

दानच्छेदोपवर्णनम् स्वहस्तकालसंपन्नं शासनो कारयेतिस्थिरम्।

संधिविग्रहादिकारिणा येन केनचिल्लेख्यम्॥

संधिविग्रहकारि तु भवेद्यतस्य लेखक:।

स्वयं राजा समादिष्ट: स लिखेद्राजशासनम्॥

(आचाराध्याय, राजधर्मप्रकरण ३१९-३२०)

संधिविग्रह, युद्ध आदि की संधि, किसी भी तरह संधि नीति , का अधिकारी जो होगा वह एक का लेखक होना चाहिए। स्वयं राजा द्वारा निर्देश दिया गया: उसे राजा का शासन लिखना चाहिए।

१५० याज्ञवल्क्यस्मृति:

चाटतस्करदुर्वृत्तमहासाहसिकादिभिः ।
पीड्यमानाः प्रजा रक्षेत्कायस्थैश्च विशेषतः ॥ ३३६ ॥

चाटाः प्रतारकाः विश्वास्य ये परधनमपहरन्ति, प्रच्छन्नापहारिणस्तस्कराः, दुर्वृत्ता 'ऐन्द्रजालिककितवादयः, सहो बलं सहसा बलेन कृतं साहसं महच्च तत्साहसं च महासाहसं तेन वर्तन्त इति महासाहसिकाः प्रसह्योपहारिणः, 'आदि'शब्दाम्मौलिककुहकदुर्वृत्तयः । एतैः पीड्यमाना बाध्यमानाः प्रजा रक्षेत्। कायस्था लेखका गणकाश्च तैः पीड्यमाना विशेषतो रक्षेत्, तेषां राजबल्लभतयातिमायावितया च दुर्निवारत्वात् ॥ ३३६ ॥

भाषा—लुटेरों, चोरों, ऐन्द्रजालिक आदि धूर्तों एवं दुस्साहसी डाकुओं आदि से पीड़ित प्रजा की रक्षा करे और विशेषतया कायस्थों (लेखकों एवं गणकों) से पीड़ित व्यक्तियों की रक्षा करे ॥ ३३६ ॥

(यह टिप्पणी अपारक एवं विज्ञेश्वर द्वारा 1200 वर्ष प्राचीन प्रति से प्राप्त है।)

आचाराध्याय: के अंतर्गत राजधर्मप्रकरण के ३३६ श्लोक के मिताक्षरी टिप्पणी पर ध्यान दें जिसमें लेखक (कायस्थ) शब्द करके स्पष्ट वर्णन है:

याज्ञवल्क्य स्मृति में श्लोक ३३५ ३६, अध्याय में 'कायस्थ'। इस पर टिप्पणी करते हुए मिताक्षरा कहते हैं कि कायस्थ **लेखापाल, लेखक तथा संधिविग्रहकारी** होते हैं। वह 'कायस्थ' शब्द को संधिविग्रहकारी, लेखाकार और लेखक का पर्यायवाची बनाते हैं। अपरार्क का कहना है कि कायस्थ राजस्व-संग्राहक (कर-अधि-कृता) संधिविग्रहकारी और अधिकारी थे। श्लोक 335 में याज्ञवल्क्य स्मृति (कुछ पुस्तकों में क्रमांक 334 और 336):

राजा को अपनी प्रजा को विशेषकर कायस्थों के उत्पीड़न से बचाने का आदेश देता है। मिताक्षरा कारण बताते हैं कि वे युद्ध और शांति मंत्री, पार्षद और लेखक और लेखाकार के रूप में राजा (राजवल्लभ) और दरबार के अधिकारियों के पसंदीदा थे। अपनी स्थिति का लाभ उठाने और प्रजा पर अत्याचार करने की अधिक संभावना है। मनुस्मृति (अध्याय 7, श्लोक 123)

यह दृष्टिकोण मनु के अनुसार है जो अध्याय 7 में है, श्लोक 123 में कहा गया है कि राज्य की सरकार से जुड़े राजा के नौकर अत्याचारी और धोखेबाज हो सकते हैं और राजा को ऐसे अधिकारियों से अपनी प्रजा की रक्षा करनी चाहिए। न्यायालय के अधिकारियों को द्विज होना चाहिए,। स्मृतियों का कहना है कि शूद्र को किसी भी परिस्थिति में न्यायालय से संबद्ध नहीं होना चाहिए।

मनु स्मृति (अध्याय आठवीं, श्लोक 20), व्यास स्मृति (अध्याय I) वशिष्ठ स्मृति, (अध्याय XVI)। (मनु, श्लोक 21, अध्याय VIII)।

जिस राजा का राज्य एक शूद्र अधिकारी न्याय करता है, वह उसके देखते ही देखते उसी प्रकार नष्ट हो जाता है, जैसे कीचड़ में समायी हुई गाय।

विष्णु स्मृतिः सप्तमोऽध्यायः

अथ लेख्यं त्रिविधम् ॥१॥

राजसाक्षिकं ससाक्षिकम-साक्षिकं च॥२॥

षष्ठाध्याये प्रतिपन्नार्थसाधनाय प्रमाणत्रयमुपन्यस्तम् - लिखितं साक्षिणः समयक्रिया चेति। तद्व्याख्यानाया ध्यायत्रयं क्रमेणारभते। तत्र सप्तमे लेख्य निरूपयति। अथेत्यधिकारः; यदुक्तं लिखितं प्रमाणमिति, तत् त्रिविधमित्यर्थः।यद्यप्यनेकविधमिदम, विषयभेदात; तथापि संग्राहकोपाधित्रैविध्यात् त्रिविधम्।

यथाह बृहस्पतिः - 'राजलेख्यं स्थानकृतं स्वहस्तलिखितं तथा। लेख्यं तु त्रिविधं प्रोक्तं भिन्नं तद् बहुधा कृतम्॥ भागदान क्रयैराधिसंविद्दा सऋणादिभिः। सप्तधा लौकिकं लेख्यं त्रिविधं राजशासनम्॥'

इति।

सप्तभेत्युपलक्षणम्; "राजपत्रं चतुर्भेदमष्टमेदं तु लौकिकम्"इति स्मरणात्। तेनादि-शब्देन जयपत्रशुद्धपत्रादीन्यपि गृह्यन्ते। त्रिविधम्; शासनपत्रपरिहारेण। अत एव तेन सह चतुर्विधमाह।

यह संस्कृत पाठ विष्णु स्मृति के सप्तम अध्याय से लिया गया है, जिसमें लेख्य (लिखित दस्तावेज) के बारे में चर्चा की गई है। यहाँ इसका हिंदी अनुवाद है:

सप्तमोऽध्यायः अथ लेख्यं त्रिविधम् ॥ १ ॥

अनुवाद: सप्तम अध्याय: लेख्य के तीन प्रकार।

राजसाक्षिकं ससाक्षिकम- साक्षिकं च ॥ २ ॥

अनुवाद: लेख्य तीन प्रकार के होते हैं - राजस, साक्षिक और असाक्षिक।

षष्ठाध्याये प्रतिपन्नार्थसाधनाय प्रमाणत्रयमुपन्यस्तम्।

लिखितं साक्षिणः समयक्रिया चेति ।

अनुवाद: छठे अध्याय में प्रतिपन्नार्थ की साधना के लिए तीन प्रकार के प्रमाण प्रस्तुत किए गए हैं- लिखित, साक्षी और समयक्रिया।तद्व्याख्यानाया ध्यायत्रयं क्रमेणारभते। तत्र सप्तमे लेख्य निरूपयति।

अनुवाद: इनकी व्याख्या के लिए तीन अध्याय क्रम से शुरू किए जाते हैं। उनमें से सातवें अध्याय में लेख्य का निरूपण किया जाता है।

अथेत्यधिकारः; यदुक्तं लिखितं प्रमाणमिति, तत् त्रिविधमित्यर्थः।

अनुवाद: अब लिखित प्रमाण के तीन प्रकारों का वर्णन किया जाता है। जैसा कि पहले कहा गया था कि लिखित प्रमाण तीन प्रकार का होता है।यद्यप्यनेकविधमिदम्, विषयभेदात्; तथापि संग्राहकोपाधित्रैविध्यात् त्रिविधम्।

अनुवाद: हालाँकि यह कई प्रकार का हो सकता है, विषय के भेद के कारण। फिर भी, संग्राहक के द्वारा तीन प्रकारों में वर्गीकृत किया जाता है।

यथाह बृहस्पतिः - " राजलेख्यं स्थानकृतं स्वहस्तलिखितं तथा । लेख्यं तु त्रिविधं प्रोक्तं भिन्नं तद् बहुधा कृतम्॥

अनुवाद: जैसा कि बृहस्पति ने कहा है - "राजलेख्य, स्थानकृत और स्वहस्तलिखित लेख्य होते हैं। लेख्य तीन प्रकार का होता है, लेकिन यह कई प्रकार से बनाया जाता है।

"भागदान क्रयैराधिसंविद्दा सऋणादिभिः।
सप्तधा लौकिकं लेख्यं त्रिविधं राजशासनम्॥ इति।

अनुवादः भागदान, क्रय, आदि संविदाओं द्वारा और ऋणादि के द्वारा लौकिक लेख्य सात प्रकार का होता है, और राजशासन के लिए तीन प्रकार का होता है।"यह अनुवाद विष्णु स्मृति के सप्तम अध्याय के एक भाग का है, जिसमें लेख्य के तीन प्रकारों का वर्णन किया गया है।

इति। सप्तधेत्युपलक्षणम्; "राजपत्रं चतुर्भेदनष्टभेदं तु लौकिकम्" इति स्मरणात्। तेनादि-शब्देन जयपत्रशुद्धपत्रादीन्यपि गृह्यन्ते। त्रिविधम्; शासनपत्रपरिहारेण। अत एव तेन सह चतुर्विधमाह वसिष्ठः:—

"शासनं प्रथमं ज्ञेयं जयपत्रं तथापरम्।
आज्ञाप्रज्ञापनापत्रं राजपत्रं चतुर्विधम्॥"

इति॥ १॥

ता विधा आह। राजा साक्षी वक्ष्यमाणप्रकारेण यस्मिन्, तत् राजसाक्षिकम्। राजसाक्षिकस्य प्रथममुपन्यासः प्रमाणातिशयबोधनाय। यथाह व्यासः:—

"स्वहस्तकाज्ञानपदं तस्मातु नृपशासनम्।
प्रमाणोत्तरमिष्टं हि व्यवहारार्थमागतम्॥"

इति। प्रमाणोत्तरम्; उत्तरोत्तरमतिशयितं प्रमाणमित्यर्थः। नृपकृतं शासनं चेत्यर्थो वक्तव्यः; शासनस्य पृथगभिधानात्। स्वहस्तकृतात् ज्ञानपदं बल्यत्। तस्माद्राजकीयम्। तस्माच्छासनमिति॥ २॥

यह संस्कृत पाठ विष्णु स्मृति से लिया गया है, जिसमें राजसाक्षिक लेख्य के बारे में चर्चा की गई है। यहाँ इसका हिंदी अनुवाद है:

वसिष्ठः - इति॥ १॥

अनुवादः वसिष्ठ ने कहा -

शासनं प्रथमं ज्ञेयं जयपत्रं तथापरम्।

आज्ञाप्रज्ञापनापत्रं राजपत्रं चतुर्विधम्॥

अनुवादः राजपत्र चार प्रकार के होते हैं— शासन, जयपत्र, आज्ञाप्रज्ञापनापत्र और राजपत्र।

ता विधा आह।

राजा साक्षी वक्ष्यमाणप्रकारेण यस्मिन्, तत् राजसाक्षिकम्।

अनुवादः इनमें से राजसाक्षिक लेख्य वह होता है जिसमें राजा साक्षी होता है, जैसा कि आगे वर्णित किया जाएगा।

राजसाक्षिकस्य प्रथममुपन्यासः प्रमाणातिशयद्योतनाय।

यथाह व्यासः— "स्वहस्तकाज्जानपदं तस्मात्तु नृष्शासनम्। प्रमाणोत्तरमिष्टं हि व्यवहारार्थमागतम्॥" इति।

अनुवादः राजसाक्षिक लेख्य का पहला वर्णन प्रमाण की अतिशयता को दर्शाने के लिए किया जाता है। जैसा कि व्यास ने कहा है— "स्वहस्त से लिखा गया जानपद, उसी से नृप की आज्ञा होती है। यह प्रमाण अतिशयित होता है, और व्यवहार के लिए उपयुक्त होता है।"

प्रमाणोत्तरम्; उत्तरोत्तरमतिशयितं प्रमाणमित्यर्थः। नृपक्कृतं शासनं चेत्यर्थो वक्तव्यः; शासनस्य पृथगभिधानात्। स्वहस्तकृतात् जानपदं बलवत्। तस्माद्राजकीयम्। तस्माच्छासनमिति॥२॥

अनुवादः प्रमाणोत्तरम् का अर्थ है उत्तरोत्तरमतिशयित प्रमाण। राजा द्वारा बनाया गया शासन यहाँ पर विशेष रूप से उल्लेखित किया गया है, क्योंकि शासन का अलग से नाम है। स्वहस्त से लिखे गए जानपद से राजकीय शासन की शक्ति होती है, और इसलिए यह शासन कहलाता है।

राजाधिकरणे तन्नियुक्तकायस्थकृतं[1] तदध्यक्षकरचिह्नितं[2]
राजसाक्षिकम् ॥ ३ ॥ यत्र कथन येन केनचिल्लिखितं साक्षिभिः
[3]स्वहस्तचिह्नितं ससाक्षिकम् ॥ ४ ॥ स्वहस्तलिखितमसाक्षिकम्
॥ ५ ॥

तत्राद्यं व्याचष्टे । राज्ञोऽधिकरणं राजसभा । तस्यां तेन राज्ञा नियुक्तो यः कायस्थः, तेन कृतम् । तस्यां सभायां योऽध्यक्षः प्राड्विवाकः, तस्य करचिह्नेन युक्तं तत् राजसाक्षिकम् । यथाह नारदः:—

"राज्ञः स्वहस्तसंयुक्तं स्वमुद्राविचिह्नितं तथा ।
राजकीयं स्मृतं लेख्यं सर्वेष्वर्थेषु साक्षिमत् ॥"

इति ॥ ३ ॥

द्वितीयं व्याचष्टे । यत्र कथनेत्यनेन राजसभाया अनियमः; तेन गृहस्थादीनां गृहादिष्वपि तत् भवति । येन केनचिदित्यनेन राजनियुक्तकायस्थस्यानियमः; तेन तदन्येनापि कृतं भवति । साक्षिभिः स्वहस्तेन 'अहममुकः साक्षी' इत्यनेन चिह्नितं तत् ससाक्षिकम् । तद्विषयमाह याज्ञवल्क्यः:—

"यः कश्चिदर्थो विज्ञातः स्वरुच्या तु परस्परम् ।
लेख्यं तु साक्षिमत् कार्यं तस्मिन् धनिकपूर्वकम् ॥
समामासतदर्धाह्नोर्नामजातिस्वगोत्रकैः ।
सब्रह्मचारिकात्मीयपितृनामादिचिह्नितम् ॥
समाहेऽर्थे ऋणी नाम स्वहस्तेन निवेशयेत् ।
मतं मेऽमुकपुत्रस्य यदत्रोपरि लेखितम् ॥
साक्षिणश्च स्वहस्तेन पितृनामकपूर्वकम् ।
अत्राहममुकः साक्षी लिखेयुरिति ते समाः ॥
उभयाभ्यर्थितेनैतन्मया ह्यमुकसुनुना ।
लिखितं ह्यमुकेनेति लेखकोऽन्ते निवेशयेत् ॥"

इति ॥ ४ ॥

तृतीयं व्याचष्टे । यदयमर्णेन स्वहस्तेनैव लिखितं, तत् असाक्षिकमपि प्रमाणम्; "विनापि साक्षिभि-र्लेख्यं स्वहस्तलिखितं तु यत् । तत् प्रमाणं स्मृतं सर्वम्" इति योगिस्मरणात् ॥ ५ ॥

<hr>

1 कार्यस्थकृतं—ख, ग, ड.   2 करचचिह्नितं—ड.   3 स्वहस्तेन—ज, ठ.

यह संस्कृत पाठ विष्णु स्मृति से लिया गया है, जिसमें राजसाक्षिक, ससाक्षिक और असाक्षिक लेख्यों के बारे में चर्चा की गई है। यहाँ इसका हिंदी अनुवाद है:

सप्तमोऽध्यायः राजाधिकरणे तन्नियुक्तकायस्थकृतं तदध्यक्षकर चिह्नितं‘ राजसाक्षिकम्॥३॥

अनुवादः सप्तम अध्यायः राजाधिकरण में राजा द्वारा नियुक्त कायस्थ द्वारा बनाया गया और अध्यक्ष द्वारा हस्ताक्षरित लेख्य राजसाक्षिक होता है।

यत्र कचन येन केनचिल्लिखितं साक्षिभिः स्वहस्तचिह्नितं ससाक्षिकम्॥४॥

अनुवादः जहाँ कहीं भी किसी भी व्यक्ति द्वारा लिखित और साक्षियों द्वारा हस्ताक्षरित लेख्य ससाक्षिक होता है।

स्वहस्तलिखितमसाक्षिकम् ॥५॥

अनुवादः स्वहस्त से लिखित लेख्य असाक्षिक होता है।

तत्राद्यं व्याचष्टे। राज्ञोऽधिकरणं राजसभा। तस्यां तेन राज्ञा नियुक्तो यः कायस्थः, तेन कृतम्। तस्यां सभायां योऽध्यक्षः प्राड्विवाकः, तस्य करचिद्देन युक्तं तत् राजसाक्षिकम्।

अनुवादः इसमें पहला व्याख्यान यह है कि राजा का अधिकरण राजसभा होता है। उस सभा में राजा द्वारा नियुक्त कायस्थ द्वारा बनाया गया लेख्य और उस सभा के अध्यक्ष द्वारा हस्ताक्षरित लेख्य राजसाक्षिक होता है।

यथाह नारदः— इति॥३॥ “राज्ञः स्वहस्तसंयुक्तं स्वमुद्राचिह्नितं तथा। राजकीयं स्मृतं लेख्यं सर्वेष्वर्थेषु साक्षिमत्॥”

अनुवादः जैसा कि नारद ने कहा है— “राजा के स्वहस्त से बनाया गया और उनकी मुद्रा से चिह्नित लेख्य राजकीय लेख्य होता है, और सभी विषयों में साक्षिमत होता है।”

द्वितीयं व्याचष्टे। यत्र कचनेत्यनेन राजसभाया अनियमः; तेन गृहस्थादीनां गृहादिष्वपि तत् भवति। येन केनचिदित्यनेन राजनियुक्तकायस्थस्मनियमः; तेन तदन्येनापि कृतं भवति। साक्षिभिः स्वहस्तेन ‘अहममुकः साक्षी’ इत्यनेन चिह्नितं तत् ससाक्षिकम्।

अनुवादः दूसरा व्याख्यान यह है कि "यत्र कचन" शब्द से राजसभा का अनियम होता है, इसलिए गृहस्थादि के घर में भी यह लेख्य बनाया जा सकता है। "येन केनचिद" शब्द से राजा द्वारा नियुक्त कायस्थ का अनियम होता है, इसलिए किसी अन्य व्यक्ति द्वारा भी यह लेख्य बनाया जा सकता है। साक्षियों द्वारा स्वहस्त से चिह्नित लेख्य ससाक्षिक होता है।

यः कश्चिदर्थो विज्ञातः स्वरुच्या तु परस्परम्।
लेख्यं तु साक्षिमत् कार्य तस्मिन् धनिकपूर्वकम्॥

अनुवाद: जब कोई व्यक्ति अपनी इच्छा से किसी अन्य व्यक्ति के साथ कोई समझौता करता है, तो उसे लिखित रूप में साक्षियों के सामने करना चाहिए। उसमें धनिक का नाम पहले लिखना चाहिए।

"समामासतदंर्धा हर्नामजातिस्वगोत्रकैः।
सब्रह्मचारिकात्मीयपितृनामा दिचिह्नितम्॥"

अनुवाद: उसमें समान रूप से दोनों पक्षों के नाम, जाति, गोत्र और पितृनाम के साथ चिह्नित किया जाना चाहिए।

"सब्रह्मचारिकात्मीयपितृनामा दिचिह्नितम्।
समाप्तेऽर्थे ऋणी नाम स्वहस्तेन निवेशयेत्।"

अनुवाद: जब समझौता पूरा हो जाए, तो ऋणी का नाम स्वहस्त से लिखना चाहिए।

"मतं मेऽमुकपुत्रस्य यदन्त्रे परि लेखितम्॥
साक्षिणश्च स्वहस्तेन पितृनामकपूर्वकम्।"

अनुवाद: अमुक पुत्र की यह राय है कि जो लिखा गया है वही मान्य होगा। साक्षियों को भी अपने हस्ताक्षर से पितृनाम के साथ चिह्नित करना चाहिए।

"अत्राहममुकः साक्षी लिखेयुरिति ते समाः॥
उभयाभ्यर्थितेनैतन्मया ह्यमुक्सूनुना।
लिखितं यमुक्रेनेति लेख कोऽन्ते निवेशयेत्॥"

अनुवाद: इसमें अमुक साक्षी लिखेंगे कि मैं अमुक हूँ। दोनों पक्षों की सहमति से यह लिखा गया है, और अमुक सूनु द्वारा लिखा गया है। यह लेख के अंत में लिखना चाहिए।

तृतीयं व्याचष्टे। यदधमर्णेन स्वहस्तेनैव लिखितं, तत् असाक्षिकमपि प्रमाणम्; "विनापि साक्षिभि-लेख्यं स्वहस्तलिखितं तु तत्। तत् प्रमाणं स्मृतं सर्वम्" इति योगिस्मरणात्॥५॥

अनुवाद: तीसरा व्याख्यान यह है कि जो लेख स्वहस्त से लिखा गया है, वह असाक्षिक होने पर भी प्रमाण माना जाता है। जैसा कि योगिस्मरण में कहा गया है— "साक्षियों के बिना भी स्वहस्त से लिखा गया लेख प्रमाण माना जाता है।" यह संस्कृत पाठ विष्णु स्मृति से लिया गया है, जिसमें लेख्य के प्रमाण के बारे में चर्चा की गई है। यहाँ इसका हिंदी अनुवाद है:

तत् बलात्कारितमप्रमाणम् ॥ ६ ॥

अनुवाद: जो लेख बलपूर्वक बनाया गया हो, वह प्रमाण नहीं है।

उपधिकृतानि सर्वाण्येव॥७॥

अनुवादः जो लेख छल या धोखे से बनाया गया हो, वह भी प्रमाण नहीं है।

दूषितकर्मदुष्टसाक्ष्यङ्कितं ससाक्षिकमपि० ॥ ८ ॥

अनुवादः जो लेख दूषित कर्म या दुष्ट साक्ष्य से बनाया गया हो, वह भी प्रमाण नहीं है, भले ही वह ससाक्षिक हो।

तादृग्वि-घेन लेखकेन लिखितं च ॥ ९॥

अनुवादः जो लेख ऐसे व्यक्ति द्वारा लिखा गया हो जो अपने कर्मों से दूषित हो, वह भी प्रमाण नहीं है।

स्त्रीबालास्वतन्त्रमत्तोन्मत्त-भीततताडितकृतं च॥१०॥

अनुवादः जो लेख स्त्री, बाल, स्वतंत्र, मत्त, उन्मत्त, भीत, या ताडित व्यक्ति द्वारा बनाया गया हो, वह भी प्रमाण नहीं है।

देशाचाराविरुद्धं व्यक्ताधिकृतलक्षणमलुप्तप्रक्रमाक्षरं प्रमाणम्॥११

अनुवादः जो लेख देश के आचार और व्यक्ति के अधिकार के विरुद्ध हो, और जिसमें लक्षण, प्रक्रम, और अक्षरों में त्रुटि हो, वह प्रमाण नहीं है।

तस्याप्रामाण्ये बीजमाह। तच्चेत् बलेनोपधिना वा कारितं, तदा अप्रमाणम्; "बलोपधिकृताद्वते" इति योगिस्मरणात्॥६॥

अनुवादः इस प्रकार, जो लेख बलपूर्वक या छल से बनाया गया हो, वह प्रमाण नहीं है। जैसा कि योगिस्मरण में कहा गया है— "बल और छल से बनाए गए लेख प्रमाण नहीं हैं।"

द्विविधस्थाप्यप्रामाण्ये बीजमाह। उपधिना छलेन कृतानि सर्वाण्येव लेख्यान्यप्रमाणम्। चकारात् मत्तादिकृतं च। यदाह नारदः- "मत्ताभियुक्तस्त्रीबालबलात्कारकृतं तु यत्। तदप्रमाणं लिखितं भयोपधिकृतं तथा॥"

अनुवादः इस प्रकार, जो लेख छल या धोखे से बनाए गए हैं, वे सभी प्रमाण नहीं हैं। इसके अलावा, जो लेख मत्त, उन्मत्त, स्त्री, बाल, या बलात् से बनाए गए हैं, वे भी प्रमाण नहीं हैं। जैसा कि देवर्षि नारद जी ने कहा है— "जो लेख मत्त, उन्मत्त, स्त्री, बाल, या बलात् बनाए गए हैं, वे प्रमाण नहीं हैं"।

इति॥७॥ ससाक्षिकस्याप्यप्रामाण्ये बीजमाह। दूषिताः; लोभादिहेतुभिर्वादिना। कर्मदुष्टाः; चौर्यादिकर्मभिर्यो स्वगमेत दुष्टा। ताहृशैः साक्षिभिः यदङ्कितं, तत् ससाक्षिकमप्यप्रमाणम्।

अनुवादः इस प्रकार, ससाक्षिक लेख्य के भी अप्रमाण होने का कारण बताया जाता है। दूषित वादी वह होता है जो लोभ आदि के कारण दूषित होता है। कर्मदुष्ट वह होता है जो चौर्य आदि दुष्ट कर्मों से दूषित होता है। ऐसे साक्षियों द्वारा जो

लेख्य बनाया गया हो, वह ससाक्षिक होने पर भी प्रमाण नहीं है।

"यथाह बृहस्पतिः— इति॥८॥" दूषितो गर्हितः साक्षी यत्रैको विनिवेशितः। कूटलेख्यं तु तत् प्राहुर्लेखके चापि तादृशे॥"

अनुवाद: जैसा कि बृहस्पति ने कहा है— "जहाँ एक साक्षी दूषित और गर्हित हो, वहाँ का लेख्य कूटलेख्य कहलाता है। और जहाँ लेखक भी ऐसा हो, वहाँ का लेख्य भी प्रमाण नहीं है।"

किंच तादृग्विधेन वादिना दूषितेन स्वयं दुष्टेन वा लेखकेन यल्लिखितं, तदप्यप्रमाणम्। चकारात् धनिकादिदोषेणाप्यप्रामाण्यम्। यथाह कात्यायनः- "साक्षिदोषाद्भवेद् दुष्टं पत्रं वै लेखकस्य च। धनिकस्यापि वा दोषात् तथा धारणिकस्य च॥" इति। धनिकदोषः दुष्टाशयत्वम्॥९॥

अनुवाद: इस प्रकार, यदि लेखक भी दूषित और स्वयं दुष्ट हो, तो उसका लिखा हुआ लेख्य भी प्रमाण नहीं है। इसके अलावा, यदि धनिक आदि के दोष से भी लेख्य बनाया गया हो, तो वह भी प्रमाण नहीं है। जैसा कि कात्यायन ने कहा है— "साक्षी के दोष से लेख्य दुष्ट हो जाता है, और लेखक के दोष से भी लेख्य दुष्ट हो जाता है। धनिक के दोष से भी लेख्य दुष्ट हो जाता है।"

किंच, स्त्री जातिमात्रम् ; गोपशौण्डिकादिस्त्रीव्यतिरेकेण वा। बालः आ षोडशाद्वर्षात्। जीवतोः पित्रोः सुतः, दासादिश्च। मत्तः मदनीयद्रव्येण। उन्मत्तः ग्रहादिना। भीतः राजादिभ्यः।

अनुवाद: इसके अलावा, स्त्री केवल जाति के कारण, गोपशौण्डिक आदि के व्यतिरेक से, बाल जो षोडश वर्ष से कम आयु का हो, जीवित पिता का पुत्र, दास आदि, मत्त जो मदनीय द्रव्य से मत्त हो, उन्मत्त जो ग्रह आदि।

कशादिना । पीडित इति पाठे निग्रहादिनेत्यर्थः । एतैः कृतं लिखितमप्रमाणम् । तत्र श्रीचाल्दासानामस्वा-
तन्त्र्यात् स्वातन्त्र्येण कृतमप्रमाणम् ; स्वामिसंमत्या कृतं प्रमाणमेव । चकारात् प्रवासस्थितानां च । यथाह
बृहस्पतिः :—

"उन्मत्तजडबालानां राजभीतप्रवासिनाम् ।
अप्रगल्भभयार्तानां लेख्यं हानिमवाप्नुयात् ॥ "
इति ॥ १० ॥

तर्हि कीदृशं तत् प्रमाणमित्यत आह । यस्मिन् देशे येन प्रकारेण स्वहस्तेन परहस्तेन वा लेख्यं
क्रियते, तत् तथा कृतं देशाचाराविरुद्धम् । यथाह नारदः :—

"लेख्यं तु द्विविधं ज्ञेयं स्वहस्तान्यकृतं तथा ।
असाक्षिमत् साक्षिमच्च सिद्धिर्देशस्थितेस्तयोः ॥ "

इति । व्यक्तं स्पष्टम् । अधिकृतस्य प्रकान्तस्य क्रयविक्रयाधानदानादेः लक्षणमुद्धारो यस्मिन् तत् व्यक्ताधि-
कृतलक्षणम् । व्यक्ताधिविधिलिक्षणमिति पाठे व्यक्तं स्पष्टम् ; आधिविधेराचीकरणस्य लक्षणं गोप्यमेभ्यकृत-
कालाकृतकालादि यस्मिन्क्रियर्थः । क्रमः अर्थानां पदानां च पौर्वापर्यम् । अक्षराणि वर्णाः । क्रमध्याक्षराणि च
क्रमाक्षराणि ; न तु सानि क्रमाक्षराणि यस्मिन्तत् अनुसक्रमाक्षरम् । तदेवंभूतं लिखितं प्रमाणम् । नात्र राज-
शासनवत् साधुशब्दनियमः । तेन प्रातिस्विकदेशभाषयापि तत्सिद्धिः ; देशाचाराविरोधात् । यत् अनेबंविधं
तत् अप्रमाणमित्यर्थात् सिद्धम् । यथाह कात्यायनः :—

"देशाचारविरुद्धं यत् संदिग्धं क्रमवर्जितम् ।
कृतमस्वामिना यच्च साध्यहीने च दुष्यति ॥ "
इति ॥ ११ ॥

वर्णैश्च तत्कृतैश्चिह्नैः [1]पत्रैरेव च युक्तिभिः ।
संदिग्धं साधयेल्लेख्यं तद्युक्तिप्रतिरूपितैः[2] ॥ १२ ॥
यत्रर्णी धनिको वापि साक्षी वा लेख्वकोऽपि वा ।
म्रियते तत्र तल्लेख्यं तत्स्वहस्तैः प्रसाधयेत् ॥ १३ ॥

इति [3]श्रीविष्णुस्मृतौ सप्तमोऽध्यायः

यह संस्कृत पाठ विष्णु स्मृति से लिया गया है, जिसमें लेख्य के प्रमाण के बारे में चर्चा की गई है। यहाँ इसका हिंदी अनुवाद है:

सप्तमोऽध्यायः

कशादिना। पीडित इति पाठे निग्रहादिनेत्यर्थः। एतैः कृतं लिखितमप्रमाणम्।
अनुवाद: इस अध्याय में, यह बताया गया है कि किस प्रकार के लेख्य प्रमाण नहीं हैं। जो लेख्य किसी के द्वारा पीड़ित या निग्रहित किया गया हो, वह प्रमाण

नहीं है।

तत्र स्त्रीबालदासानामस्वा-तन्त्र्यात् स्वातन्त्र्येण कृतमप्रमाणम्; स्वामिसंमत्या कृतं प्रमाणमेव। चकारात् प्रवासस्थितानां च। यथाह बृहस्पतिः॥ इति॥१०॥

अनुवादः स्त्री, बाल, और दास के द्वारा स्वातंत्र्य से किया गया लेख्य प्रमाण नहीं है, लेकिन स्वामी की संमति से किया गया लेख्य प्रमाण है। इसके अलावा, प्रवासस्थित व्यक्तियों के लिए भी यही नियम लागू होता है। जैसा कि बृहस्पति ने कहा है—

"उन्मत्तजडबालानां राजभीतप्रवासिनाम्।

अप्रगल्भभयार्तानां लेख्यं हानिमवाप्नुयात्॥"

अनुवादः उन्मत्त, जड़, बाल, राजभीत, प्रवासी, अप्रगल्भ, और भयार्त व्यक्तियों द्वारा किया गया लेख्य हानिकारक हो सकता है।

तर्हि कीदृशं तत् प्रमाणमित्यत आह।

यस्मिन् देशे येन प्रकारेण स्वहस्तेन परहस्तेन वा लेख्यं क्रियते,

तत् तथा कृतं देशाचाराविरुद्धम्।

यथाह नारदः— "लेख्यं तु द्विविधं ज्ञेयं स्वहस्तान्यकृतं तथा।

असाक्षिमत् साक्षिमच्च सिद्धिर्देशस्थितेस्तयोः॥" इति॥

अनुवादः तो फिर किस प्रकार का लेख्य प्रमाण है? इसका उत्तर यह है कि जिस देश में जिस प्रकार से स्वहस्त से या परहस्त से लेख्य बनाया जाता है, वही प्रमाण है, बशर्ते कि वह देशाचार के विरुद्ध न हो। जैसा कि नारद ने कहा है— "लेख्य दो प्रकार के होते हैं - स्वहस्त से बनाया गया और अन्य से बनाया गया। इसकी सिद्धि देश की स्थिति पर निर्भर करती है।"

व्यक्तं स्पष्टम्।

अधिकृतस्य प्रक्रान्तस्य क्रयविक्रयाधानदानादेः

लक्षणमुद्धारो यस्मिन् तत् व्यक्ताधि-कृतलक्षणम।

अनुवादः व्यक्त और स्पष्ट अर्थ है कि जिसमें अधिकृत व्यक्ति के द्वारा क्रय, विक्रय, अधान, और दान आदि के लक्षणों का उद्धार हो, वह व्यक्ताधिकृतलक्षण है।

१९४   विष्णुस्मृतिः

संदिग्धे लेख्ये निर्णयोपायमाह । यत्तु कूटमकूटं वेति लेख्यं संदिह्यते, तत् तत्कृतैर्वर्णैः तल्लिखितैः पदाक्षरैः, तत्कृतैः चिह्नैः श्रीकारादिभिः, तत्कृतैः पत्रैः पत्रान्तरैश्चाक्षरसादृश्यनिरूपणेन, युक्तिभिः तर्कैः 'अनयोरेवंविधो व्यवहारोऽस्मिन् देशोऽस्मिन् काले संभाव्यते' इत्यादिभिः, तथा तस्मिन् पत्रे या युक्तयः लिखनपरिपाटयः, तासां प्रतिरूपितानि सदृशलिखितानि, तैश्च साधयेत् । एतच्च साक्षिरहितस्वहस्तलिखित-पत्रसंदेहे द्रष्टव्यम् ।

"साधयेद्धस्तसंदेहे जीवतो वा मृतस्य वा ।
तत्स्वहस्तकृतैरन्यैः पत्रैस्तालेख्यनिर्णयः ॥"

इति स्मरणात् ॥ १२ ॥

इदानीमन्यकृतससाक्षिकपत्रसंदेहे निर्णयमाह । यत्र तु ऋणी अधमर्णः, धनिकः उत्तमर्णः, साक्षी वक्ष्यमाणः, लेखकः पूर्वोक्तो वा म्रियते, तत्र तेषां स्वहस्तैः 'मतं मेऽमुकपुत्रस्य' 'अत्राहममुकः साक्षी' 'लिखितं मयामुकेन' इति तच्चस्वहस्तलिखितैः पत्रान्तरैर्वा तत्कृतैः तल्लेख्यं प्रसाधयेत् शोधयेत् । यद्यपि उत्तमर्णाधमर्णयोः एकस्मिन् पत्रे न स्वहस्ताक्षरसंभवः, तथापि "धनी चोपगतं दद्यात् स्वहस्तपरिचिह्नितम्" इति धनिनोऽपि लिखनसंभवात् तन्निर्णयायोपादानमिति न दोषः । यथाह कात्यायनः:—

"अथ पञ्चत्वमापन्नो लेखकः सह साक्षिभिः ।
तत्स्वहस्तादिभिस्तेषां विशुध्येत्सु न संशयः ॥"

इति ॥ १३ ॥

इति श्रीमन्महाराजाधिराजश्रीवसिष्ठवंशावतंसश्रीकोण्डपनायकात्मजश्रीतम्मणनायकापरनामधेय-श्रीकेशवनायकप्रोत्साहितश्रीवाराणसीवासिधर्माधिकारि रामपण्डितात्मजश्रीनन्द-पण्डितकृतौ विष्णुस्मृतिविद्युतौ श्रीमत्यां वैजयन्त्यां सप्तमोऽध्यायः

यह संस्कृत पाठ विष्णु स्मृति से लिया गया है, जिसमें संदिग्ध लेख्य के निर्णय के लिए उपाय बताए गए हैं। यहाँ इसका हिंदी अनुवाद है:

संदिग्धे लेख्ये निर्णयोपायमाह।
यत्तु कूटमकूटं वेति लेख्यं संदिश्यते,
तत् तत्कृतैर्वर्णैः तल्लिखितैः पदाक्षरैः,
तत्कृतैः चिह्नैः श्रीकारादिभिः,
तत्कृतैः पत्रैः पत्रान्तरैश्वाक्षरसादृश्यनिरूपणेन,
युक्तिभिः तर्कैः 'अनयोरेवंविधो व्यवहारोऽस्मिन्

देशेऽस्मिन् काले संभाव्यते इत्यादिभिः,
तथा तस्मिन् पत्रे या युक्तयः लिखनपरिपाटयः,
तासां प्रतिरूपितानि सदृशलिखितानि, तैश्व साधयेत्।

अनुवादः संदिग्ध लेख्य के निर्णय के लिए, यहाँ कुछ उपाय बताए जा रहे हैं। जब कोई लेख्य कूट या अकूट होने के बारे में संदेह होता है, तो उसे निम्नलिखित तरीकों से परीक्षण किया जाना चाहिए:

1. उस लेख्य के वर्णों और पदाक्षरों की तुलना करनी चाहिए।
2. उस लेख्य के चिह्नों और श्रीकारादि की तुलना करनी चाहिए।
3. उस लेख्य के पत्रों और अन्य पत्रों की तुलना करनी चाहिए।
4. उस लेख्य की युक्तियों और तर्कों की तुलना करनी चाहिए।
5. उस लेख्य के लिखने की परिपाटी और अन्य लेख्यों की तुलना करनी चाहिए। इन सभी तरीकों से उस लेख्य की जांच करनी चाहिए और उसकी प्रमाणिकता का निर्णय करना चाहिए।

एतच्च साक्षिरहितस्वहस्तलिखित-पत्रसंदेहे द्रष्टव्यम्।
"साधयेद्धस्तसंदेहे जीवतो वा मृतस्य वा।
तत्स्वहस्तक्कृतैरन्यैः पत्रैस्त ल्लेख्यनिर्णयः॥"
इति स्मरणात्॥१२॥

अनुवादः यही तरीका साक्षिरहित स्वहस्तलिखित पत्र के संदेह के लिए भी अपनाना चाहिए। जैसा कि स्मरण में कहा गया है— "हस्तसंदेह के लिए, जीवित या मृत व्यक्ति के स्वहस्तलिखित पत्रों की तुलना करनी चाहिए।"

इदानीमन्यक्कृतससाक्षिकपत्रसंदेहे निर्णयमाह।
यत्र तु ऋणी अधमर्णः, धनिकः उत्तमर्णः, साक्षी वक्ष्यमाणः,
लेखकः पूर्वोक्तो वा म्रियते, तत्र तेषां स्वहस्तैः
'मतं मेऽमुकपुत्रस्य अत्राहममुकः साक्षी'
'लिखितं मयामुकेन' इति तत्त्वहस्तलिखितैः
पत्रान्तरैर्वा तत्कृतैः तल्लेख्यं प्रसाधयेत् शोधयेत्।

अनुवादः अब, अनेक व्यक्तियों द्वारा बनाए गए ससाक्षिक पत्र के संदेह के निर्णय के लिए, यहाँ कुछ उपाय बताए जा रहे हैं। जब ऋणी, धनिक, साक्षी, और लेखक में से कोई एक मर जाता है।

विष्णु स्मृतिः उनका कहना है कि दंड-धृत मजिस्ट्रेट और न्यायालयों के न्यायाधीश (धर्मज्ञ) कानून और अच्छे प्रशासन में पारंगत व्यक्ति होने चाहिए, कायस्थ जो लिखने की कला में पारंगत होते हैं। इसी प्रकार शुक्रनीतिअध्याय । ३२, श्लोक ४२०, अध्याय में कायस्थों को लेखक के रूप में वर्णित किया गया है। द्वितीय, श्लोक १७८ में कहा गया है कि लेखाकार और लेखाकार वेदों, स्मृतियों और पुराणों को जानते थे। व्यास का कहना है कि लेखक और लेखाकार को मीमांसा (श्रुति) और वेद (अध्ययन) में पारंगत होना चाहिए, जैसा कि मिताक्षरा ने बताया है।

वीरमित्रोदय

व्यास के पहले से ही उद्धृत पाठ पर निम्नलिखित टिप्पणी करते हैं और साबित करते हैं कि कायस्थ एक द्विज वर्ग हैं, "लेखाकार को दो जन्मा होना चाहिए क्योंकि यह घोषित किया गया है, कि उसे ऐसा व्यक्ति होना चाहिए जिसने वेदों का अध्ययन किया हो जो कि दो जन्मे लोगों के अलावा कोई नहीं कर सकता; उसी प्रकार लेखक को भी दो जन्मा होना चाहिए, क्योंकि वे एक साथ चलते हैं।" स्मृतियों के उपरोक्त प्रमाण कायस्थों के लिए कहे गए हैं, जो क्षत्रिय हैं और उन्हें शुद्ध वर्ण क्षत्रिय बताया गया है।

लेकिन, जैसा कि भविष्य पुराण से कहा गया है: अम्बष्ठ और अन्य अवर्ण (मिश्रित मूल, सत्शूद्र) हैं। मुख्य रूप से दो वर्ण संकर जातियाँ हैं, क्योंकि भविष्य पुराण में अम्बष्ठ और अन्य का उल्लेख है, जिसका स्पष्ट अर्थ है कि कायस्थों में अम्बष्ठ के अलावा एक और वर्ण संकर जाति है, जो मुख्य रूप से **करण** है। उपरोक्त के समर्थन में, मैं अब प्रमाण भी उपलब्ध कराऊंगा। जैसा कि पहले श्लोकों के साथ दिखाया गया है।

याज्ञवल्क्य स्मृति (श्लोक ९२): एक वैश्य द्वारा शूद्र महिला से उत्पन्न पुत्र को करण कहा जाता है।

मनुस्मृतिः

झल्लो मल्लश्च राजन्याद् व्रात्यान् लिच्छिविरेव च।

नटश्च करणश्चैव खसो द्रविड एव च ॥

(मनुस्मृति, अध्याय १० श्लोक २२)

अर्थः क्षत्रिय वर्ण के व्रात्य से उत्पन्न पुत्र को झल्ल, मल्ल, लिच्छिवि, नट, करण, खस और द्रविड कहते हैं।

झल्ल, नट, करण व्रात्य क्षत्रिय हैं, इसका मतलब है कि वे किसी भी संस्कार से रहित हैं, वे शूद्र हैं, क्योंकि उन्होंने बिना किसी संस्कार के विवाह में प्रवेश किया,

इसलिए यहाँ भी करण एक शूद्र, व्रात्य हैं। अम्बष्ठ के संबंध में, जो स्पष्ट रूप से वर्णसंकर हैं।

व्यास स्मृति:

ब्राह्मण पिता और वैश्य माता के प्रमाण निम्न प्रस्तुत हैं।

ब्राह्मणक्षत्रियविशस्त्रयो वर्णा द्विजातयः ॥
श्रुतिस्मृतिपुराणोक्तधर्मयोग्यास्तु नेतरे ॥ ५ ॥
शूद्रो वर्णश्चतुर्थोऽपि वर्णत्वाद्धर्ममर्हति ॥
वेदमंत्रस्वधास्वाहावषट्कारादिभिर्विना ॥ ६ ॥

ब्राह्मण, क्षत्रिय और वैश्य यह तीनों वर्ण द्विजाति हैं, यह तीनों वर्ण ही श्रुति स्मृति और पुराणमें कहे हुए धर्मके अधिकारी हैं, दूसरा नहीं ॥ ५ ॥ शूद्र जाति चौथा वर्ण है, इसी कारण धर्मका अधिकारी है, परन्तु वेदमन्त्र, स्वधा, स्वाहा और वषट्कारादि शब्दोंके उच्चारणका अधिकारी नहीं है ॥ ६ ॥

विप्रवद्द्विप्रविन्नासु क्षत्रविन्नासु क्षत्रवत् ॥
जातकर्माणि कुर्वीत ततः शूद्रासु शूद्रवत् ॥ ७ ॥
वैश्यासु विप्रक्षत्राभ्यां ततः शूद्रासु शूद्रवत् ॥

ब्राह्मणके साथ विधिपूर्वक जो ब्राह्मणकन्या विवाही गयी है उसकी सन्तानके जातकर्म आदि संस्कार ब्राह्मणोंके समान हैं और क्षत्रियके कुलसे जो विवाही गयी है उसकी सन्तानके संस्कार क्षत्रियोंके समान हैं और जो शूद्रकुलसे विवाही गयी है उसकी सन्तानके संस्कार शूद्रके समान होते हैं ॥ ७ ॥ जिस वैश्य कन्याका ब्राह्मण या क्षत्रियने विवाह किया है और वैश्यने शूद्रीके साथ विवाह किया है इन दोनोंकी सन्तानके कर्म शूद्रके समान होते हैं ॥

अधमादुत्तमायां तु जातः शूद्राधमः स्मृतः ॥ ८ ॥
नीचे वर्णसे उत्तम वर्णकी कन्यामें जो सन्तान उत्पन्न हो वह शूद्रसे भी नीच कहाती है ॥ ८ ॥

यहाँ भी बहुत स्पष्ट रूप से देखें, औषाण स्मृति में वर्णित का-य-स्थ के समान, जिसे कुंभकारों (बर्तन बनाने वाले) और बढ़ई के साथ उसी तरह उद्धृत और जोड़ा गया है, जिसका उल्लेख औषाण स्मृति में कायस्थ के साथ उसी तरह किया गया है, यह नापित, या वर्ण संकर जाति, मूल रूप से औषाण स्मृति वर्ण संकर कायस्थ के समान है।

टिप्पणी: शास्त्र के अनुसार शूद्रों का यज्ञोपवीत नहीं होता है। केवल सूत वर्ण संकर जातियों में एक के मात्र ऐसी जाती है जिसका यज्ञोपवीत आदि में अधिकार

है, बाक़ी अम्बष्ट कर्ण आदि का नहीं। जैसा की ऊपर श्लोक में स्पष्ट कहा गया है। ब्राह्मण से उत्पन्न वैश्य के विषय में और क्षत्रिय के द्वारा उत्पन्न वैश्य कन्या में उत्पन्न एवं वैश्य पुरुष द्वारा शुद्र में उत्पन्न कन्या ये सब शुद्र में उत्पन्न कन्या ये सब कर्म से शुद्र है अर्थात् इनका वर्ण शुद्र है।

वर्द्धकिनांपितो गोप आशायः कुंभकारकः ॥
वणिक्किरातकायस्थमालाकारकुटुंविनः ॥
वरटो मेदचंडालदासश्वपचकोलकाः ॥ ११ ॥
एतेऽत्यजाः समाख्याता ये चान्ये च गवाशनाः ॥
एषां संभाषणात्स्नानं दर्शनादर्कवीक्षणम् ॥ १२ ॥

वर्द्धकि (बढई) नापित (नाई) और गोप (ग्वाल), कुंभकार, वणिक् (जो लेन देन करे और निषिद्ध जाति हो), किरात, कायस्थ, माली, वरट, मेद, चांडाल, कैवर्त, श्वपच, कोलक, कुटुम्बी (कूटामाली) ॥ ११ ॥ और जो गोमांस भक्षण करते हैं वह सभी अत्यज हैं. इन सबके साथ सम्भाषण करनेसे स्नान करना उचित है; और इनके देखनेसे सूर्य भगवान्का दर्शन करे ॥ १२ ॥

इन वर्णसंकरों का उल्लेख लेखक से पृथक् किया गया है।कहा जाता है कि लेखक ने वेद, स्मृति, पुराण और मीमांसा सीखी थी।

औशान स्मृति:

वैश्यायां विधिना विप्राज्जातो अंबष्ट उच्यते ॥
कृष्याजीवी भवेत्तस्य तथैवामेयवृत्तिकः ॥ ३१ ॥
ध्वजिनी जीविका वापि अंबष्टाः शस्त्रजीविनः ॥

विधानसहित विवाही हुई वैश्यकी कन्यामें जो ब्राह्मणसे उत्पन्न होता है उसे अंबष्ट कहते हैं, खेती अथवा आम्रेय (लकड़ी) यही उसकी जीविका है ॥ ३१ ॥ अंबष्टोंकी जीविका सेना अथवा शस्त्रकी है,

वैश्यायां विप्रतश्चौर्यात्कुंभकारः स उच्यते ॥ ३२ ॥

और चोरीसे वैश्यकी कन्यामें जो ब्राह्मणसे उत्पन्न हो उसे कुम्हार कहते हैं ॥ ३२ ॥

अम्बष्ठ का जन्म ब्राह्मण पिता और वैश्य माता से हुआ है। ब्राह्मण और वैश्य स्त्री का यह मिलन यदि चोरी से होता है तो कुम्हार (प्रजापति) का जन्म होता है।

कुम्हार नाई (निपत) को जन्म देता है और वह बाल काटने का काम करता है, वह खुद को "का-या-आस्था" कहकर बुलाता है। प्रत्येक अक्षर के अलग-अलग रूप में अर्थ के साथ:

कुलालवृत्त्या जीवित नापिता वा भवन्त्यतः ॥
सूतके प्रेतके चापि दीक्षाकालेऽथ वापनम् ॥ ३३ ॥
नाभेरूर्ध्वं तु वपनं तस्माव्रापित उच्यते ॥
कायस्थ इति जीवेतु विचरेच्च इतस्ततः ॥ ३४ ॥
काकाच्छौल्यं यमात्क्रौर्य स्वपतेरथ कृंतनम् ॥
आद्यक्षराणि संगृह्य कायस्थ इति कीर्तितः ॥ ३५ ॥

इसकी जीविका कुलालकी वृत्ति (मट्टीके पात्र बनानेसे) होती है; इसीसे नापित (नाई) उत्पन्न होते हैं; जन्मसूतक अथवा मरणसूतकमें अथवा दीक्षा कालमें यह केशोंका छेदन करते हैं ॥ ३३ ॥ नाभी (टूंडी) के ऊपरके केशोंके काटनेसे उसे नापित कहते हैं और यह कायस्थ नामसे इधर उधर विचरण करता हुआ जीविका करता है ॥ ३४ ॥ काक (कौआ) से चपलता, यमराजसे कूरता स्वपति (बदई) से काटना इन तीनों अर्थके जतानेके लिये इन तीनों शब्दोंके पहले अक्ष- रको लेकर इसको कायस्थ कहा है ॥ ३५ ॥

नेपित का भी उल्लेख है, जिसकी उत्पत्ति कुम्हार से हुई है, जो बाल काटने वाला होता है। देय इसकी उत्पत्ति कायस्थ कुल में से एक होने के कारण, वह स्वयं को का-य-स्थ कहकर संबोधित करता है। श्लोक में स्पष्ट रूप से का (कवुआ), या (यमराज), स्थ (स्थित) का उल्लेख है, वह एक वर्ण संकर जाति है।

याज्ञवल्क स्मृति:

श्लोक: साथ ही अम्बष्ठ को ब्राह्मण पिता और वैश्य माता का पुत्र संस्कार द्वारा बताया गया है। और जब बच्चा संस्कार से पैदा नहीं होता तो उसे कुम्हार कहा जाता है। इसी कुम्हार से नापित उत्पन्न होता है, क्योंकि नापित, कुम्हार और अम्बष्ट में केवल इतना ही फ़रक है कि अम्बष्ठ संस्कार से पैदा हुई वर्ण संकर शुद्र जाति है। कुम्हार अवैधिक सम्बन्ध से पैदा हुई संतान है। जो अम्बष्ट से मर्यादा में नीचे ही गिनी जाएगी। और इसी कुम्हार से नाई उत्पन्न होता है यानी नई और कुम्हार का स्थान समनाये है और ये भी ये शुद्र है। परंतु विवाहगत वर्ण संकर से उत्पन्न अंबष्ट इनसे बेहतर शूद्र हैं, परंतु निःसंदेह ये शूद्र ही हैं, इनका यज्ञोपवीत

आदि संस्कार नहीं होता। इसी प्रकार करण को भी यज्ञोपवीत का अधिकार नहीं है।

इसके संदर्भ में प्रमाण:

सांख्य स्मृति के वाचन: जैसा कि स्मृति वचन में स्पष्ट कहा गया है कि ब्राह्मण के द्वारा जो संतान क्षत्रिय या वैश्य से उत्पन्न होगी वह शुद्र मानी जाएगी, उनकी संतान का स्थान शुद्र वर्ण में ही है। संख्या स्मृति का वचन, याज्ञवल्क्य स्मृति का वचन, पराशर स्मृति का वचन, मनु जी का वचन, व्यास जी का स्मृति का वचन स्पष्ट कर देता है कि इसमें कोई संदेह नहीं होता है कि अंबष्ट और करण शुद्र ही हैं।

समय से उन्हें सौंपे गए पेशे से उन्हें क्षत्रिय के रूप में माना जाना चाहिए, के अनुसार—

अमर कोश, क्षत्रिय वर्ग, श्लोक 16-17 :

लिखिताऽक्षरविन्यासे लिपिलिविरुने स्त्रियौ।

स्यात् सन्देशहरो दूतो, दूत्यं तद्भावकर्मणी॥१६॥

अध्वनीनोऽध्वगोऽध्वन्यः पान्थः पथिक इत्यपि ।

स्वाम्यमात्यसुहृत् कोशराष्ट्र दुर्गबलानि च ॥ १७ ॥

अर्थः के ४ नाम।] (७) लेखनकर्मणो नामद्वयम् । [लिपि के २ नाम ।] (८) सन्देशहारकस्य नामद्वयम् । [दूत के २ नाम ।] (९) दूतकर्मण एकं नाम । [दूतकार्य ।] (१०) पथिकस्य पञ्च नामानि । [बटोही के ५ नाम ।] (११) राज्याङ्गानां नामद्वयम् । [राज्य के ७ अंगों के नाम-राजा, मन्त्री, मित्र, कोष, देश (राष्ट्र), दुर्ग (किला), और बल (सेना) ।] (१२)

लेखन क्षत्रियों के काम में से एक है। अतः लेखन कर्म को संपादित करने वाले कायस्थों को भी क्षत्रिय ही मानना दर्शन, विज्ञान और व्यवहार के धरातल पर आवश्यक है। इस प्रसंग में वैदिक और पौराणिक सहित समस्त उपलब्ध प्रमाणों के साथ हमने प्रस्तुत विषय को समझाया है। आगे के अध्याय में ऐतिहासिक और लोकाचारगत प्रमाणों और साक्ष्यों से हम अपने इसी प्रस्थान को काल के परिदृश्य में संपुष्ट करेंगे। जिससे समय के बहाव में भी यही बात सर्वसम्मति से प्रमाणित तो जाएगी तथा विद्वत्वृंद इसे मान्यता प्रदान करने में सरलता और सहजता का ही अनुभव करेगा।

☙❧

5

अध्याय ५: कायस्थ कुल का लोकाचारगत ऐतिहासिक अवलोकन

जैसा कि शास्त्रीय प्रमाणों से सारी बात स्पष्ट हो चुकी है परंतु इतिहास प्रेमीजनों के लिए हम कुछ ऐतिहासिक प्रमाण प्रस्तुत कर रहे हैं, जिससे सभी जन पूर्ण रूप से प्रसन्न हो जायेंगे तथा सभी शंकाओं का समाधान हो जाएगा। कायस्थों के नाम शिलालेखों में वर्णित मिलते है और अनेकों स्थानों पर 'ठाकुर' शीर्षक का उपयोग है। इसलिए संस्कृति का ठाकुर प्राकृत भाषा में ठक्कुरा हो जाता है। परन्तु यह विषय है ही नहीं कि भाषा कौनसी है अपितु यह भी जान लेना चाहिए ठाकुर शीर्षक हमेशा उच्चे और समृद्ध लोगों ने अपने नाम के आगे लगाकर इसका उपयोग किया है। प्रायः, अपने क्षत्रियत्व का वर्चस्व दिखाने के संदर्भ में। कायस्थों में अनेकों कुल के रत्न हुए है। उन सभी कायस्थों की जय हो! मनु महाराज की कृपा से आगे इतिहास के विषय में प्रस्तुत करता हूँ।

प्रयागराज से प्राप्त एक नए शिलालेख में श्रीवास्तव कायस्थ वत्सराज का भी उल्लेख है, जो कीर्तिवर्मन चंदेल के प्रधानमंत्री थे और सेनापति भी थे। पन्ना के अजयगढ़ किले के एक शिलालेख में भूतसंख्या का एक दिलचस्प प्रयोग नीचे दिया जा रहा है:

> "यह शिलालेख नाना, एक श्रीवास्तव कायस्थ और राजा भोजवर्मन चंदेल के सचिव द्वारा विक्रम वर्ष १३४५ में जारी किया गया था। इस

शिलालेख के श्लोक ३७ में तिथि को शब्दों में दर्ज किया गया है:
"क्षणदैशेक्षणागतश्रुतिभूतसमानविते"
(जहाँ क्षणद का अर्थ संख्या १ का प्रतिनिधित्व करने वाले चंद्रमा
से है, वहीं ईशेक्षण का अर्थ संख्या ३ का प्रतिनिधित्व करने वाले शिव
की तीन आँखों से है, श्रुति का अर्थ संख्या ४ का प्रतिनिधित्व करने
वाले वेदों से है और भूत यानी पाँच तत्वों का अर्थ संख्या ५ से है, जिससे
वर्ष १३४५ बनता है।)"

इस प्रशस्ति की रचना कवि अमर ने की थी, जो संभवतः कायस्थों के उसी परिवार से संबंधित थे। स्पष्टतः वे संस्कृत भाषा के अत्यंत निपुण कवि थे। श्रीवास्तव्य कुल या आज के समय के श्रीवास्तव दोनों एक ही है उन्हीं में प्रयागराज में आज से ८०० वर्ष पूर्व विष्णु मंदिर का निर्माण करवाया था। प्रयागराज के गढ़वा किले में स्थित विष्णु मंदिर का इतिहास गुप्त काल से जुड़ा हुआ है। इस स्थल से कई गुप्त सम्राटों के अभिलेख मिलते हैं। "" वर्तमान मंदिर ठाकुर राणापाल नामक श्रीवास्तव कायस्थ द्वारा बनवाया गया था। यहाँ एक मंदिर के स्तंभ शिलालेख में ११९९ विक्रम संवत् में कुंडा पाल के पुत्र, कायस्थ ठक्कुरा राणा पाल श्रीवास्तव द्वारा भट्ट-ग्राम की एक शाखा, नव-ग्राम की स्थापना का उल्लेख है। रिकॉर्ड ठक्कुरा की छवि के नीचे अंकित है। स्थानीय परंपराओं के अनुसार, मंदिर के संस्थापक १२वीं शताब्दी में स्थानीय बघेल राजा के मंत्री थे। यह मंदिर रीवा के बघेल राज्य की सीमा के करीब स्थित है। मंदिर के स्तंभों पर उस समय के अन्य कायस्थ गणमान्य व्यक्तियों, उदाहरण के लिए श्री शकसेन (सक्सेना) कायस्थ श्री महीधर, द्वारा किए गए अभिवादन दर्ज हैं। गर्भगृह में शेषशायी विष्णु की एक विशाल मूर्ति है, और उनके अन्य अवतारों की भी मूर्तियाँ हैं, जैसे— मत्स्य, कूर्म, वराह, नरसिंह, राम, परशुराम, वामन। जो स्वयं में कायस्थों की भक्ति का जीवित प्रमाण है।

उदयसिंहदेव विक्रम संवत् १३०६ के भीनमाल शिलालेख में, हमें माथुर उपजाति के ठाकुर उदयसिंह के दो पुत्रों का उल्लेख मिलता है। दोनों भाइयों ने भीनमाल के सूर्य देवता जगतस्वामी को खजाना दान कर दिया था। कायस्थों पे सदैव से ही माता लक्ष्मी की बड़ी कृपा है और यह कायस्थों के शोभा का परिपूर्ण बर्णन कर देता है कि कैसे सदैव से सेनापति, मंत्री, जमींदार आदि रहे है।

"वास्तव-अन्वय तिलको नय मार्ग गुरुगुणेक निधिः। अववच्च वत्सराज स्तभ्यः... सांधिविग्रहिकः"

"वत्सराज, वस्ताव्य वंश (श्रीवास्तव) के शिखर-रत्न, नीति के पथ पर मार्गदर्शक, गुणों की खान, शांति और युद्ध मंत्री बने।"

सन्धि-विग्रहिक, या शांति और युद्ध मंत्री का पद प्राचीन काल से जाना जाता है। यह कार्यालय रक्षा और कूटनीति को जोड़ता था। प्रारंभिक मध्यकाल में राजस्थान से लेकर उड़ीसा तक इस पर कायस्थों का एकाधिकार था। ठाकुर वत्सराज जी की पहचान ११५४ विक्रम संवत् के कीर्तिवर्मन चंदेल के देवगढ़ शिलालेख के जारीकर्ता के रूप में की है, जो ललितपुर, उत्तर प्रदेश के देवगढ़ किले में खोजा गया था। उनके पिता महिधर थे। इस अभिलेख में वत्सराज का उल्लेख कीर्तिवर्मन चंदेल के प्रधानमंत्री के रूप में किया गया है। उल्लेखनीय रूप से, कई बार संधि-विग्रहिक का पद प्रधानमंत्री से जुड़ा होता था, और कई बार संधि-विग्रहिक सेनापतियों के रूप में भी काम करते थे। मध्ययुगीन हिंदू राज्यों में कायस्थों के कई मंत्री पदों पर होने के कई अभिलेख हैं।

देवगढ़ शिलालेख वत्सराज द्वारा बेतवा नदी पर एक घाट के निर्माण और बेतवा नदी के तट पर कीर्ति-दुर्ग नामक एक किले के निर्माण को दर्ज करने के लिए जारी किया गया था। इस किले की पहचान देवगढ़ किले से की गई है, यानी इस अभिलेख का उद्गम स्थल। यह ध्यान दिया जाना चाहिए कि चंदेलों के कई किले या तो कई पीढ़ियों तक श्रीवास्तव कायस्थों के परिवारों द्वारा बनाए गए थे या प्रबंधित किए गए थे, जिनमें अजयगढ़ और कालिंजर शामिल हैं। ऐसा लगता है कि कायस्थों का संधिविग्रहीण यानी युद्ध और शांति मंत्री के पद पर लगभग एकाधिकार था।

देवानंद द्वितीय (११वीं शताब्दी ई०) के दशपल्ल अनुदान में कायस्थ यशोदत्त को गांव उपहार में दिए जाने का उल्लेख है, जो एक संधिविग्रही थे और जिन्हें शास्त्रोपाध्याय कहा जाता है।

वज्रहस्त (१०५५ ई०) की नरसापुरम प्लेटों का चार्टर, जो वज्रहस्त ३ के रिश्तेदार को भूमि अनुदान का रिकॉर्ड देता है, कायस्थ धवला, एक संधिविग्रहिका द्वारा लिखा गया था। राजा वज्रहस्त तृतीय की एक अन्य पट्टिका में एक वैश्य को गाँव दिए जाने का उल्लेख है, जिसे दामोदर ने लिखा था। जिसने स्वयं को मावुरा का पुत्र, संधिविग्रहिक और महाकायस्थ बताया है।

राजस्थान का एक शहर बिजोलिया इसके लिए विशेष रूप से उल्लेखनीय है। इस स्थान के मंदिरों से प्राप्त कई प्रारंभिक-मध्ययुगीन शिलालेखों में भगवान शिव के सम्मान में यात्रा मण्डली का उल्लेख है। विक्रम संवत १३३६ के बिजोलिया में मंदाकिनी कुंड से प्राप्त एक शिलालेख में निगम और माथुर कायस्थ परिवारों द्वारा महाकाल-यात्रा के उत्सव का उल्लेख है। लोकप्रिय देवताओं के लिए यात्राओं के ऐसे अभिलेख अभिलेखों के साथ-साथ पाठ्य स्रोतों में भी प्रचुर मात्रा में हैं।

कायस्थ महिलाएँ समृद्ध कुलों से थीं। परिणामस्वरूप, वे पूरे इतिहास में धार्मिक दानदाताओं के रूप में प्रमुखता से उभरे हैं। हम यहाँ कुछ रोचक उदाहरणों का दस्तावेजीकरण करेंगे। देवल्ला देवी नामक एक श्रीवास्तव महिला जो ठाकुर देवधर श्रीवास्तव की पुत्री थी, और सुहादा देव श्रीवास्तव की पत्नी थी, जो अजयगढ़ किले के रक्षक थे और १३वीं शताब्दी में भोजवर्मन चंदेल के मंत्री और कोषाध्यक्ष भी थे, ने अजयगढ़ किले में सुरभि, शिव, गौरी, नंदी, अष्टशालक्ति सहित बड़ी संख्या में मूर्तियाँ बनवाईं। यहाँ महिला उपासक की मूर्ति की पहचान देवल्लादेवी श्रीवास्तव के रूप में की गई है। वह अपने पति सुहादा देवा के साथ कई अन्य मूर्तियों की सह-दाता भी हैं।

अजयगढ़, पन्ना, मध्य प्रदेश से एक नया शिलालेख: गणपति पत्थर की पीठिका शिलालेख और मध्यकालीन युग में कायस्थों के इतिहास के पुनर्निर्माण में इसका महत्व।

"कायस्थ वास्तव्य वंश ठक्कुर श्री अषौ सुत ठक्कुर श्री महिपति पुत्र कीर्तिपालेन गणपति कारितः॥ सं १३४४

अर्थ: "ठाकुर महीपति के पुत्र और वस्ताव्य (श्रीवास्तव) कायस्थ वंश के ठाकुर आशु के पोते कीर्तिपाल ने विक्रम वर्ष १३४४ (१२८७ ई०) में गणपति की मूर्ति की प्रतिष्ठा की थी"

यह विशेष अभिलेख हमें श्रीवास्तव कायस्थों के इस विशेष परिवार की वंशावली के पुनर्निर्माण में मदद करता है, जिन्होंने लगभग 3 शताब्दियों तक जेजाकभुक्ति के चंदेलों के मंत्री के रूप में कार्य किया। इस परिवार के सदस्यों ने कई पीढ़ियों तक ठाकुर की वंशानुगत उपाधि धारण की और कई गाँवों के अनुदानों का आनंद लिया। वे अजयगढ़ और कालिंजर के किलों के रखवाले भी थे। अभिलेखों से पता चलता है कि इस परिवार के सदस्य मुख्य रूप से सैन्यकर्मी थे। उसी किले के एक अन्य शिलालेख में इस परिवार की पूरी वंशावली का उल्लेख है। इससे भी ज़्यादा

दिलचस्प बात यह है कि ठाकुरों के इस परिवार में, जो मुख्य रूप से शस्त्रधारी थे, कम से कम एक सदस्य को पंडित की उपाधि भी प्राप्त थी। पन्ना पत्थर के शिलालेख में, जिसे पहले ही एन.पी. चक्रवर्ती और वी.वी. मिराशी ने दर्ज किया था, सुहाददेव का उल्लेख पंडित (संक्षिप्त रूप में पं यहाँ विद्वता के आधार पर मिली हुई उपाधि का वर्णन है सिर्फ) के रूप में किया गया है, जो श्रीवास्तव कायस्थ और भोजवर्मन चंदेल के कोषाध्यक्ष थे। जबकि सुहाददेव के बड़े भाई महिपति और उनके पिता अशौ दोनों को ठाकुर की वंशानुगत उपाधि प्राप्त थी। ऐतिहासिक रूप से, कायरथों ने रिकॉर्ड रखने व।लों और सरकारी कर्मचारियों की अपनी भूमिका से कहीं आगे बढ़कर सैन्य कार्य भी किए। मध्यकालीन युग से कायस्थ योद्धाओं के कई वीर स्मारक ज्ञात हैं।

खजुराहो से प्राप्त एक वीर स्मारक पत्थर पर साधा नामक कायस्थ योद्धा के सैन्य योगदान का विवरण है, जो युद्ध में मारे गए थे।

मथुरा संग्रहालय में 14वीं शताब्दी में भास्कर नामक माथुर कायस्थ का नायक स्मारक रखा गया है, जो पीथाऊ सिंह का पुत्र था। नायक पत्थर पर भास्कर को धनुष और बाण के साथ दिखाया गया है, जो तीरंदाजी में उनकी विशेषज्ञता को दर्शाता है। अपरिष्कृत रूप से बनाई गई यह मूर्ति शैलीगत रूप से इस युग के नायक पत्थरों के समान है।

कायस्थ भागचंद भटनागर 17वीं शताब्दी में सिसोदिया शासक महाराणा जगत सिंह के दीवान और सैन्य कमांडर के रूप में कार्यरत थे।

बेड़वास शिलालेख मेवाड़ी भाषा में है। इसकी शुरुआत भटनागर कायस्थों के परिवार की वंशावली से होती है, जिन्होंने मेवाड़ के सिसोदिया शासकों के लिए मंत्री और योद्धा के रूप में सेवा की थी।

जालोर के भीनमाल से सोनगरा चौहान वंश के चाचाजीदेव के 1270 ई. के एक शिलालेख में पंचकुल गजसिंह द्वारा लिए गए कुछ प्रशासनिक निर्णयों का उल्लेख है।

पंचोली नाम, जो राजस्थान के कायस्थों का एक सामान्य नाम है, इसी पंचकुल से निकला है, जिसका अर्थ स्थ।नीय प्रशासक होता है। उदयपुर से प्राप्त एक मेवाड़ी शिलालेख में भटनागर परिवार को कायस्थ और पंचोली दोनों कहा गया है, जिससे पता चलता है कि राजस्थान में ये दोनों शब्द समानार्थी बन गए थे।

अजयगढ़ किले से चंदेल राजा और उनके कायस्थ मंत्री के नए शिलालेख, लगभग १३वीं शताब्दी ई० शिलालेख में सुहाददेव नामक श्रीवास्तव कायस्थ द्वारा शिव को प्रणाम करने का उल्लेख है, जो १३वीं शताब्दी में भोजवर्मन चंदेल

के मंत्री थे।

कच्छप के रूप में भगवान विष्णु (१०वीं शताब्दी) कायस्थ गोलाक द्वारा नियुक्त, कलचुरी त्रिपुरी राजवंश के युवराजदेव प्रथम के अमात्य थे। मध्य प्रदेश के बांधवगढ़ राष्ट्रीय उद्यान के अंदर किले के पास चरणगंगा नदी के उद्गम पर शेषशायी विष्णु की प्रतिष्ठित मूर्ति। इस मूर्ति का निर्माण संभवतः गौड़ कायस्थ गोल्लक ने करवाया था, जो १०वीं शताब्दी में कलचुरी राजा युवराजदेव प्रथम के अमात्य थे।

कायस्थ गोल्लक एक वैष्णव थे और उन्हें बांधवगढ़ से भगवान विष्णु के अवतारों की कई उत्कीर्ण छवियों को बनाने के लिए जाना जाता है, जैसे मत्स्य, कूर्म, बलराम, परशुराम और अन्य।

१३वीं शताब्दी ई० में एक प्रशस्ति, जिसकी रचना जयसिंह नामक माथुर कायस्थ ने की थी। जयसिंह को एक महान कवि बताया गया है।

नरवर से प्राप्त अगली प्रशस्ति भी १३वीं शताब्दी की है, जिसकी रचना शिवनभक ने की थी, जो माथुर के एक कायस्थ थे और जो ऊपर वर्णित जयसिंह के भाई थे। वह अपने भाई की तरह ही एक प्रतिभाशाली कवि थे। उन्हें पद (व्याकरण), प्रमाण (तर्क), कविता (काव्य) और साहित्य (वाक्पटुता) का गुरु बताया गया है। दोनों भाइयों का उल्लेख याजवपाल के अन्य अभिलेखों से भी मिलता है।

गाहड़वालक्षेत्र में कायस्थ: एक अभिलेखीय सर्वेक्षण

११वीं से १२वीं शताब्दी ई० तक गाहड़वाल के समय से लगभग १०० अभिलेखीय अभिलेख ज्ञात हैं। ये अभिलेख हमें समकालीन कायस्थों के बारे में क्या बताते हैं।

जबकि संवत् ११७२ (१११५ ई०) के धूसा गाँव के रिकॉर्ड में ठक्कुरा जलहाना का उल्लेख है

"श्रीवास्तव कुलोद्भूत कायस्थ ठाकुर श्री जाल्हण"
अर्थ: "ठक्कुरा श्री जलहाना, श्रीवास्तव कायस्थ वंश में पैदा हुए"

पन्ना, मध्य प्रदेश से लगभग ११वीं शताब्दी ई० में प्राप्त अजगगढ़ किले के शिलालेख में कीर्तिवर्मन चंदेल द्वारा महेश्वर नामक श्रीवास्तव कायस्थ को एक गाँव और प्रसिद्ध कालंजर किले का अधिकार दिए जाने का उल्लेख है। महेश्वर, श्रीवास्तवों की एक लंबी वंशावली से संबंधित थे, जिन्होंने चंदेल साम्राज्य में

प्रशासक और योद्धा के रूप में कार्य किया था।उनके पूर्वजों में से एक ठाकुर जाजुका श्रीवास्तव थे, जो १०वीं शताब्दी में गंडा चंदेल के समकालीन योद्धा थे। इस शिलालेख के ७वें श्लोक में दर्ज है कि जाजुका ने चंदेल साम्राज्य में 'मानवाचारविधि' यानी मनु के नियमों की स्थापना करके स्वर्ण युग की शुरुआत की। ठाकुर जाजुका कोई साधारण योद्धा नहीं थे। उनके पास प्रभावशाली विद्वान होने का प्रमाण भी था। अजयगढ़ के एक अन्य शिलालेख में उनका उल्लेख "विद्याचतुर्दश" या १४ विज्ञानों में निपुणता के रूप में किया गया है, अर्थात ४ वेद, ६ वेदांग, न्याय, मीमांसा, धर्मशास्त्र और पुराण। श्रीवास्तवों के दो परिवार जेजाकभुक्ति के चंदेलों के वंशानुगत मंत्री के रूप में कार्य करते थे। उनके दोनों अभिलेख पन्ना के अजयगढ़ किले से ज्ञात हैं। इनमें से एक परिवार मूल रूप से कौसम्यापुर नामक शहर से था जहाँ उन्होंने एक स्थानीय राजवंश के मंत्री के रूप में कार्य किया। कुछ समय बाद उनके एक सदस्य नाना, जो भोजवर्मन चंदेल के मंत्री थे, ने किले के अंदर एक विष्णु मंदिर की स्थापना की, जैसा कि १३४५ विक्रम संवत् (१२८८ ई०) के एक बड़े पत्थर के शिलालेख में उल्लेख किया गया है जो अब कलकत्ता संग्रहालय में रखा हुआ है। फिर भी, इस वंश के पहले ऐतिहासिक पूर्वज ठाकुर जाजुका प्रतीत होते हैं, जिन्होंने १०वीं शताब्दी के अंत में ३३ वर्षों तक चंदेलों के प्रधानमंत्री (सर्वाधिकारिण) के रूप में कार्य किया था।

वह श्रावस्ती के सहेट-महेत से आता है। यह अभिलेख विद्याधर नामक श्रीवास्तव कायस्थ द्वारा बनवाया गया था, जो मदन नामक एक राजा का मंत्री था, जो जाहिर तौर पर गहड़वालों का एक सामंत था। अभिलेख में कहा गया है कि मान्धाता नामक पौराणिक सूर्यवंशी राजा ने जवृषा शहर की स्थापना की थी जो शायद श्रावस्ती के निकट अवध में आधुनिक शहर जैस के समान है। यहाँ कई परिवार रहते थे जिन्हें इस प्रकार वर्णित किया गया है:

> *"श्री-पूर्वव-वास्तव-कुल*
>   *या*
> *"वस्ताव्यास" जिसका प्रत्यय "श्री" था।"*

सती परंपरा में ही है, इसलिए कई कायस्थ स्त्रियाँ भी सती हुईं और उन्हीं में से कुछ नाम स्मारक आदि पर लिखे गए। उनमें सती स्मारक स्तंभ एक श्रीवास्तव कायस्थ महिला जसु देवी का है, जो विजय देव की पत्नी और १३९८ विक्रम संवत् की गंगा देव की पुत्रवधू थी। संस्कृत में स्मारक स्तुति सती के बेटे निर्मला द्वारा

रचित थी।मध्य प्रदेश के चंदेरी के निकट १७वीं शताब्दी के एक सती स्मारक में एक श्रीवास्तव कायस्थ महिला के सती होने का उल्लेख है। चंदेरी से प्राप्त एक अन्य अभिलेख में श्रीवास्तव कायस्थ परिवार की एक सती का उल्लेख है। इन सती स्मारकों में न केवल मृतक महिलाओं को सम्मानित किया जाता था, बल्कि उनकी पवित्रता और बहादुरी के लिए स्थानीय स्तर पर देवी के रूप में उनकी पूजा भी की जाती थी।

दो कायस्थ भाइयों की कहानी: वासे और आनंदः वे श्रीवास्तव कायस्थों के परिवार से थे, जिन्होंने 13वीं शताब्दी की शुरुआत में त्रैलोक्यवर्मन चंदेल के शासनकाल के दौरान सैन्य अधिकारी के रूप में काम किया था। कीर्तिवर्मन के गढ़वा अभिलेख में वत्सराज को सेनापति या सेनापति के रूप में पूर्वी दिशा में चंदेल सेना का नेतृत्व करने का श्रेय दिया गया है। वत्सराज ने चंदेल दरबार में कुल तीन पद संभाले, प्रधानमंत्री, संधि-विग्रहिक (शांति और युद्ध मंत्री) और सेनापति। एक केंद्रीय शिवलिंग जिसके चारों ओर १२ और शिवलिंग हैं। अंतिम दो पंच-पिंड लिंग हैं। १२ शायद द्वादश-ज्योतिर्लिंगों का प्रतिनिधित्व करते हैं। योनि पर काल का मुख भी है। मध्य प्रदेश के अजयगढ़ में श्रीवास्तव्य परिवार की देवल्लादेवी द्वारा बनवाई गई मूर्तियों के उसी सेट का हिस्सा है।यहाँ श्रीवास्तव्य परिवार के मंत्रियों द्वारा एक शिलालेख है, जिन्होंने इन मूर्तियों को बनवाया था। उल्लेखनीय है कि अजयगढ़ का किला विंध्य पर्वतमाला में एक ऊँची पहाड़ी के ऊपर स्थित है, जिसका मूल नाम केदार-पर्वत था। यह शिव पूजा का एक पुराना स्थल रहा है, जो कालिंजर या खजुराहो से कम महत्व का नहीं है। हालाँकि, यह चंदेलों के कम प्रसिद्ध किलों में से एक है।

वृषभध्वज मंदिर, कपिलधारा, वाराणसी में वरुणा और गंगा के संगम के पास। इस मंदिर का निर्माण १२वीं शताब्दी के अंत में ठक्कुरा लक्ष्मीधर नामक श्रीवास्तव कायस्थ ने करवाया था।

"सिद्धम संवत् १२५१ मार्ग सुदि २ बुधे वास्तव्यान्वय ठक्कुर श्री लक्ष्मीधरस्य वृषभध्वज कीर्तनम॥ शुभमस्तु

अर्थः "वृषभध्वज मंदिर का निर्माण (श्री) वस्ताव्य परिवार के ठक्कुरा लक्ष्मीधर ने 1251 (विक्रम) संवत में मार्गशीर्ष के शुक्ल पक्ष के दूसरे दिन किया था। समृद्धि हो"

'आइने अकबरी' नामक मुग़ल कालीन ग्रंथ के अनुसार, बंगाल के अधिकांश राजा कायस्थ समुदाय से थे। इसके अतिरिक्त, 'राजार जाति' नामक ग्रंथ में बंगाल के विभिन्न राजवंशों का उल्लेख मिलता है, जिनमें से अधिकतर राजाओं का संबंध भी कायस्थ जाति से रहा है। विशेष रूप से प्रतापादित्य तथा चंद्रद्वीप (जो वर्तमान में बांग्लादेश के क्षेत्र में स्थित है) जैसे क्षेत्रों में अधिकांश राजवंश कायस्थ शासकों द्वारा स्थापित और संचालित थे। यह तथ्य बंगाल में कायस्थों की राजनीतिक प्रभावशीलता और प्रशासनिक भूमिका को दर्शाता है।

ऐतिहासिक टिप्पणी: उस समय संस्कृत महाविद्यलय के अध्यक्ष रुप स्वर्गीय ईश्वरचन्द्र विद्यसागर महाशय ने शिक्षा विभाग के अध्यक्ष महोदय १८५१ ई० के २० मार्च को लिखा था— "जब शुद्र जाति संस्कृत महविद्यालय में पढ़ सकते हैं तब सामान्य कायस्थ क्यों नहीं पढ़ सकते?" उसी प्रकार उनके परवर्ती संस्कृत महाविद्यालय के अध्यक्ष स्वर्गीय महामहोपाध्याय महेश्वरचंद्र न्यायरत्न महाशय ने तत्कालीन संस्कृत महाविद्यालय के स्मृति अध्यापक स्वर्गीय मधुसुदन स्मृतिरत्न महोदय को कहा था— "कायस्थ जाति क्षत्रिय वर्ण है, यह हम अच्छी तरह समझ सकते हैं।" उनके परवर्ती अध्यक्ष महामहोपाध्याय नीलमणी न्यायालंकार महाशय ने कायस्थों को क्षत्रिय की भाँती स्वीकार किया है।

आगे के पृष्ठों में The Kayastha ethnology, an enquiry into the origin of the Kayatha नामक पुस्तक के Decision of Pandits on the Nationality of Kayasthas नामक अध्याय में इस बात का वर्णन किया गया है। उसी के चित्रों को प्रमाण स्वरूप यहाँ पर संलग्न किया गया है।

PART IV.
DECISION OF PANDITS
ON THE NATIONALITY OF KAYASTHAS.

The following decisions of 626 learned men, in the Hindoo religion, show that the ancestors of the Chitragupta Vansi and Chandraseni Kayasthas were twice born (dvija), and the religious duties prescribed for them were the same as those for the second *Varna* (class).

I. *Vyavastha** of 80 Pandits of *Poona*, dated 1858 Sambat, based on the following authorities :—

1. *Skanda Purána.*
2. *Súdra Kamálakara †*
3. *A treatise by Gaga Bhatta ‡*

This Vyavastha contains the signatures of the following Pandits :—

Maháráshtras.

1. Náráyána Bhatta.
2. Lálá Bhatta.
3. Sakhárama Bhatta.
4. Vápú Pandita Dharmádhikárí.
5. Sambhu Pandita Dharmádhikárí.
6. Chintámani Dharmádhikárí.
7. Govindaráma Sesha.
8. Hariráma Pandita Sesha.
9. Manninátha Pandita Sesha.
10. Visvesvara Pandita Sesha.
11. Hirá Pandita Sesha.
12. Bechana Bhatta Mauní.
13. Rámachandra Bhatta Taro.

---

* A copy of this Vyavastha is in the possession of Pandit Basti Rám Dube, Professor of Sanskrit Grammar, Benares College.

† (Bombay edition, No. of Grunth, &c., 3,000), by Kamalákara Bhatta, a desastha Brahman. It treats of the customs ordained for the Sudra castes. It is generally known, and was composed about 250 years ago. He was also the author of (2) Nirnaya Sindhu (21,000); (3) Santi (3,000) ; (4) Gotra Pravara Nirnaya (600) ; (5) Poort (3,000) ; (6) Anhik (1,800). (See the law and custom of Hindoo castes, by Arthur Steele, pages 7, 9, 11, 12).

‡ He was the author of Dyot, which contains 30,000 stanzas (slokas), and was written about a century ago. It treats of all subjects. He was also the author of Dinkar Udyota, which contains 36,000 stanzas on Achára and Vyavahara, (see Steele, pages 8-17).

14. Bálá Bhatta Jí Páyagunde.
15. Sríráma Dikshita.
16. Somanatha Puṇatambakara.
17. Meghanáda Deva.
18. Sripatinátha Deva.
19. Mukunda Deva.
20. Jayakrishṇa Deva.
21. Chintámaṇi Pandita Puraga.

Karahátakás.

1. Chhina Bhattají Árde.
2. Vamadeva Sástri Gurjara.
3. Bála Dikshita Apáchí.
4. Sivaráma Bhatta Átare.
5. Bápú Bhatta Ráyakara.
6. Gaṇesa Bhatta Khándekara.
7. Gaṇesa Khándekara.
8. Gaṇesa Bhatta Bhágavata.
9. Devaráma Bhatta Khánráde.
10. Kásiráma Bhatta Mauda.
11. Sakháráma Bhatta Ramadíbokara.
12. Sambhú Bhatta Bhárde.
13. Vaidyanátha Bhatta Kavi Madara.
14. Maníráma Patha.
15. Sakháráma Patha.
16. Raghunátha Bhatta.
17. Mikanma Bhatta Visvarúpa.
18. Yádavaráma Bhatta.
19. Vápúráma Bhatta Nirmathe.
20. Dhodapola.
21. Hari Bhatta Visvarúpa.
22. Chintamaṇi Joshí.
23. Kásinátha Dikshita.
24. Válama Bhatta Dala.
25. Náráyaṇa Deva.
26. Válama Bhatta Mádhavakara.
27. Jayaráma Joshí.
28. Bála Joshí.

Karṇátakas.

1. Sambhú Dikshita Kánade.
2. Chhiṇa Dikshita Kánáde.
3. Ráma Bhatta Kánade.
4. Bachana Bhatta Kánade.
5. Murári Bhatta Kánade.
6. Baijanátha Bhatta Kánade.

Bájasaníyas.

1. Kásínátha Díkshita.
2. Mahadeva Bhatta Bijapeyi.
3. Mommráma Bhatta.
4. Beyiráma Pandita Páthaka.

Chitpávanas.

1. Bála Díkshita Udava.
2. Balakrishna Bhatta Gágara.
3. Bála Díkshita Gadabode.
4. Anantaráma Bhatta Patévardhana.
5. Rámachandra Díkshita Peya.
6. Vishnunátha Díkshita.
7. Krishna Díkshita Lele.
8. Yajnesvara Díkshita Planakara.
9. Vináyaka Kore.
10. Krishana Bhatta Bále.
11. Raghunátha Bhatta Kore.
12. Chintámagi Bhatta Karalekara.
13. Valava Bhatta Káralekara
14. Chintámani Kadake Díkshita.
15. Dnoda Díkshita Chitale.
16. Ganesa Bhatta Kadape.
17. Nílakantha Díkshita.
18. Jagannatha Bhatta. Maháráshtra.
19. Krishna Bhatta, Kálakara.
20. Ganesa Bhatta, Sárangpála.
21. Ápa Díkshita, Báyale.

II.—*Vyavasthá* of 39 Pandits of *Bengal*, dated, 1844, based on the following authorities* :—

1.—*Padma Purána.*
2.—*Skanda Purána.*
3.—*Vrihad Brahma Khanda.*
4.—*Vijnánatantra.*
5.—*Achara Nirnaya Tantra*

Names of the Pandits who signed the above Vyavasthá, together with the residence and description.

1.—Pitámvara Tarkabhushana. (Balaposhkarani.) Learned in Sruti, Smrti, Purana and Sástras. Author of several works.

2.—Navakumara Vidyáratna (Indula) Professor of the 4 Vedas, and President of the Dharmarája Society.

3.—Ishvarachandra, **Nyáy** ratna, Do.

4.—Rámachandra, Nyáya bhushana. Do.

<hr>

5.—Bhagaván a Chandra, Nyáyaratna, (Calcutta.) Member of the Sabhá of Mahárája Kalíkrishna, Deva. (Chandravansi Rájadhiráj.)

6.—Madana Mohana, Nyáyaratna. (Indula.) Member of Indul Rája Sabhá.

7.—Prema Chandra, Tarka-panchánana. (Dwáraháta.) Professor of Sruti, Smriti and six Darshanas.

8.—Kasi Samkara, Vidya-anusnana (Uttarapára.) Mahámahopadhyaya.

9.—Jayashankara, Tarkálankára.

10.—Madana Mohana, Tarkálankára. (Calcutta.) Learned in the 4 Vedas and six Darshanas.

11.—Taraka arana, Tarkavagisha. (Konnagara).

12.—Navakrishna, Vidyavachaspati.

13.—Jaynnarayana, Tarka-panchanana. (Bahoda.) Mahámahopadhyaya.

14.—Vaidyanátha, Nyáyalankára. (Banooorah.) A great Pandit.

15.—Rámagopála, Tarka panchánana. (Serampore.) A great poet and learned in Logic.

16.—Isvar-Chandra, Tarkabhúshana. (Konn.) Learned in Siksha, Kalpa, Nirukta, Chhanda, Vyaakarana, and Jyotish.

17.—Durgá Prasáda, Vidyavachaspati. (Sueopore.) Learned in Jyotish, Vyákarana, Sruti, &c.

18.—Rama Charana, Tarka-panchánana. (Salikha). Well learned in the Smritis.

19.—Rádha Mohan, Vidyálankára. (Burdwán.) Professor of Grammar, Vishnům, Bhatti, Dramas, Smriti, Puranas, Jyotish, and Nyáya Philosophy, and also President of the Sabha of Pandits of the Mahárája of Burdwan.

20.—Harinatha, Nyáyabhúshana. (Sheopore.) Knows by heart the Nyáya, Alankára, Smriti, Samhita and Gitá.

21.—Madhusudana, Tarkavagisha. (Salikha.) Knows by heart the Samhita, Gitá and Smriti

22.—Ishan Chandra, Tarkachudamani. (Kudaliya.) Do. do

23.—Gaurí Shankara, Tarka-Siddhanta. (Balgaria.) Do. do.

24.—Kamadhana, Siromani, (Khatirat.) Learned in many Shástras.

25.—Vishveshwar, Vidyálankára. (Atpur.) Ditto, ditto.

26.—Pitamvara, Chudámani. (Mahivati.) Ditto, ditto.

27.—Madhusudana, Tarkalankára. (Kumarpara.) Do. do.

28.—Kailása Náth, Siddhanta. (Meuarpur.) Do. do.

29.—Rámadasa, Tarka Siddhanta. (Sheopore.) Do. do.

30.—Lakshmi Charana, Tarkabhushana. (Bhawanipore.) Do.

31.—Rána Gopala, Tarkálankára. (Jhapardah.) Do. do.

32.—Ishwara Chandra, Chudámani. (Begampore.) Do. do

33. Abhayacharana, Tarkalankára (Janáyavakasa) Logician
and Mahamahopadhyáya.

34. Haladhara Tarkachudámaní (Bhatpara) Mahámahopadh-
yáya Brahma Thákura and Gurú of the country of Gour.

35. Rámaratna Vidyálankára (Calcutta) Learned in the 4 Vedas
and all the Sástras aged, 100 years.

36. Jayanaráyana Tarkapanchánana (Narikaldiga) Professor of
Sanskrit College.

37. Syámacharana Tatvavágísa (Bungsovatí) Secretary of the
Tatvabadini Sabha and learned in several Sastras and
also Mahamahopadhyáyá.

38. Sridhara Nyayaratna (Uchivamohú) Professor of Sruti,
Smriti, Purána and the Tantras in the School of the
Máharaja of Burdwán.

39. Srínátha Vidyábhúshana (Mahesh) Learned in Vyákarana
and Jyotish.

III.   *Vyavasthá* of 95 Pandits of *Benares*, dated July 21,
1873 ; based on the following authorities :*—

   1.   *Skanda Purana Reunká Mahátmya.*
   2.   *Padma Purana Srishtí khanda.*
   3.   *Padma Purana Pátála Khanda.*
   4.   *Bharishyottara Purana.*

This decision contains the signatures of the following Pandits :
1. Bhatta Sakhárama.
2. Bhatta Ananta.
3. Baikujípanta Sesha.
4. Rájárama Sástri Kárlekara (Late Professor of Hindu Law
in the Government College, Benares).
5. Bhatta Naráyana.
6. Dhundhirája Dharmadhikárí.
7. Vámanacháryya (Asstt. Professor of Mathematics Govern-
ment College, Benares .
8. Rámchandra Sástrí.
9. Vapúdev Sástrí (Professor of Mathematics, Government Col-
lege, Benares).

* In 1847 the Pandits of the Government College, Benares, gave also a
Vyavastha to the same effect on these very authorities, which was filed in
the case of Bhawanee Bux, &c.,   versus Surnam Singh, &c.

In that case the contention of one of the parties was that the claim of
a Kayastha should not be decided upon the rules applicable to the Kshatriya
Varna, but the case was dismissed in appeal on 19th May, 1848, by the
Principal Sudder Ameen of Goruhkpur (Mohammad Abdul Aziz Khan) on
a preliminary point.

In the same year another Vyavastha, to the same effect, was sent by the
Pandits of Benares to Mr. Ellis, Political Agent, Jhansi.

10. Vibhavaráma Pandita.
11. Bálakrishna Sástrí Ashtaputra.
12. Bhaivyá Sástrí.
13. Nrisinha Sástrí Mánavah.
14. Naráyana Sástrí.
15. Ganesa Sástrí Sroti.
16. Bála Sástrí Khananga (Professor of Hindu Law in the Government College, Benares).
17. Purushottama Sástrí Yoga.
18. Gangádhara Sástrí Hardikara.
19. Rájáráma Pandita.
20. Rájáráma Sástrí Mehedala.
21. Dhondá Sástrí Sukala.
22. Náráyan Sástrí Pouránika.
23. Dhundirájá Dikshita Cuitale.
24. Kesava Marata.
25. Rámakrishna Sástrí Pattavarddhana.
26. Dámodara Sástrí Bháradwája.
27. Visvanátha Sástrí.
28. Yajnesvara Sástrí Mahávala.
29. Bála Sástrí Ránda.
30. Lakshmínátha Sá-trí Drávida.
31. Vaidyanátha Dikshita Chaturddhara.
32. Mádhavácháryya.
33. Bháú Sástrí.
34. Vápú Sástrí.
35. Chandrasekhara Vidvat.
36. Rádhámohana.
37. Táracharana Bhattácháryya (Professor of Sanskrit Grammar, Government College, Benares).
38. Bechanaráma (Professor of Sánkhya Philosophy, Government College, Benares).
39. Sitalaprasáda Tripathi (Professor of Sahilya, Government College, Benares).
40. Káliprasáda (Professor of Logic, Govt College, Benares.)
41. Kailásachandra (Assistant Professor of Sanskrit Grammar, Government College, Benares.)
42. Rámá Misra Sástrí (Assistant Professor of the Sánkhya Philosophy, Government College, Benares.)
43. Bocháráma (Professor of Bengali, Govt. College Benares.)
44. Vishnuhari.
45. Benímádhava Sástrí.
46. Devakrishná (Profr. of Astronomy. Govt. College, Benares.)
47. Rámánátha (Sanskrit Librarian, Govt. Coll. Benares.)
48. Rámajasana.
49. Pyárelála Jha Upadhyáya.

50. Devídayálu Tripathí.
51. Gopínátha Tripathí.
52. Rájájí Jyotirvid.
53. Seváráma.
54. Bhairavadatta.
55. Vámadeva.
56. Amvikádatta.
57. Jánakíprasád.
58. Rakshapála.
59. Baladeva.
60. Govindáchárí.
61. Syámácharana.
62. Visvanátha Agnihotrí.
63. Siddhesvara Jyotirvid.
64. Thákuradása Deva.
65. Navínanaráyana.
66. Madanamohana Siromani.
67. Anandachandra.
68. Rámádhara.
69. Kedáranátha.
70. Kalikumára, (Asstt. Profr. of Logic, Govt. College, Benares.)
71. Karunámaya Deva.
72. Jayaráma.
73. Kamalákánta.
74. Satísachandra.
75. Madhusudana Nayáyavágísa.
76. Harinátha Bhattácháryya.
77. Haricharana.
78. Kásínátha Pandita.
79. Sástidatta Pandita.
80. Tuláráma Pandita.
81. Krishnanátha.
82. Harikrishna Vyása.
83. Dwárakádatta.
84. Indradatta.
85. Yúgesa.
86. Lakshmana Jyotirvid.
87. Kuverapati.
88. Bastiráma Dviredi (Professor of Sanskrit Grammar, Government College, Benares.)
89. Bhavániprasáda.
90. Javáhira Tripáthí.
91. Visavarúpa.
92. Rámagovinda Misra of Rámpore.
93. Sríharsha Bhargava (Reader of Bhagavata.)
94. Ananta.

6

अध्याय ६: भ्रांतियों का निराकरण

कायस्थों के कितने प्रकार हैं?

पृथ्वी लोक पर चित्रगुप्त के वंशज जिनमें शुद्ध क्षत्रिय एवं वर्ण संकर दोनों हैं। इनके अलावा चित्रगुप्त के मृत्युलोक के स्वरूप का वर्णन जो आचारनिर्णय तंत्र में प्रामाणिक रूप से मिलता है वह कुल राजा से चला है। इन्हीं दोनों की परम्परा के कायस्थों को क्षत्रिय माना गया हैअंबष्ठ और करण को छोड़ कर। वस्तुतः, अस्त्र-शस्त्र को धारण करके राजा बनना अथवा राजा न बनने की स्थिति में सेनापति, लेखक, सिंधी विग्रहकारी, मन्त्री, राजा का अंगरक्षक अथवा अन्य क्षत्रियोचित रक्षा का कर्म सम्भालना इन्हीं की परम्परा में हुए वंशजों को प्राप्त है।

तब यह प्रश्न उठता है कि क्या शास्त्रों में प्रयुक्त कायस्थ शब्द का अन्य संदर्भों में भी प्रयोग है?

उत्तर है "हाँ।" यह विभिन्न प्रसंगों के अनुसार व्यापक अर्थ प्रदान करता है। उदाहरण के लिए, श्रीमद्भागवत पुराण में एक श्लोक है, जिसमें "द्विज" शब्द तीन बार आया है — पहली पंक्ति में उसका अर्थ 'पक्षी', दूसरी में 'ब्राह्मण', और तीसरी में 'भगवान शिव' लिया गया है। यहाँ द्विज शब्द की पुनरावृत्ति हुई है, परंतु हर बार उसका अर्थ भिन्न है। इसी प्रकार, "पृथ्वी" शब्द को भी कई स्थानों पर "गौ" (गाय) के स्थान पर प्रयुक्त किया गया है, और कहीं-कहीं पर "गौ" शब्द से पुनः "पृथ्वी" को ही संबोधित किया गया है। इसलिए संस्कृत ग्रंथों का अर्थ निकालना सदैव व्याकरण, निरुक्त, और शास्त्रीय नियमों को जानने वाले विद्वानों द्वारा ही किया जाना चाहिए — अपने मन से अर्थ निकालना उचित नहीं है।

ठीक इसी प्रकार संस्कृत भाषा में एक शब्द के बहुधा अर्थ होते हैं। अतः प्रसंग अथवा प्रकरण को समझ कर ही इसका अर्थ निकाला जाता है। तो अब बात करें 'कायस्थ' की तो यह शब्द भी व्यापक अर्थों को धारण करते हुए विविध प्रसंगों में प्रयुक्त होता है।

तो देखते हैं कि अन्य किन-किन प्रकरणों में कायस्थ शब्द प्रयुक्त हुआ है।

उपर दिए गए शुद्ध क्षत्रीय वर्ण के अतिरिक्त कायस्थ चान्द्रसेनी कायस्थों के लिए प्रयुक्त हुआ है। चान्द्रसेनी वंश के कायस्थ वस्तुतः राजा चन्द्रसेन के वंशज हैं। चन्द्रसेन सहस्रार्जुन के पुत्र थे तथा जब भगवान परशुराम ने सम्पूर्ण पृथ्वी के क्षत्रियों के विनाश का प्रण लिया तो महर्षि दालभ्य जी ने उन क्षत्रिय राजा की रक्षा करने हेतु भगवान परशुरामजी से प्रार्थना की। तब उनकी आज्ञा पर चन्द्रसेन ने शस्त्र त्याग दिए यही रीति उनके वंशजों में भी रही। अब क्योंकि क्षत्रीय के अन्य कर्म राज्य देखना तथा लेखन का भी है (अमरकोश) अतः ये राज्य के अन्य महत्वपूर्ण कर्म देखने लगे।

विद्या वाश्च्य शुचि; धीरो , दाता परोप्कराकः।

राज्य सेवी , क्षमाशील; कायस्थ सप्त लक्षणा॥

(स्कन्द पुराण)

इनमें शस्त्र न उठाने के कारण क्षत्रीय गुण नहीं होता है। इन्हें, जैसा कि ऊपर कहा गया, मात्र राज्य देखने के लिए तथा मूलतः लेखन कार्य ही प्रदान किया गया है, शस्त्र नहीं। इनके ऋषि दालभ्य हैं अतः इनका मूल कुल इसी गोत्र में है। इनको चित्रगुप्त के कुल में बाद में दैवीय योजना के कारण जोड़ना पड़ा।

उपरी प्रस्तुत प्रमाणों से सिद्ध होता है कि यह निम्न स्तर के ही सही पर सेवक क्षत्रीय हैं। (राज्य न कर पाने के कारण ही निम्नस्तरीय शब्द का प्रयोग किया गया है)

पुनश्च, एक अन्य प्रमाण के आधार पर अम्बष्ट और करण, दोनों ही, वर्ण संकर हैं। इसी प्रसंग में यह की वर्णनीय ही है कि पूर्व के काल में करण अपने नाम के आगे करण लगाते थे जो उचित भी था। जैसे किसी व्यक्ति का नाम वैभव श्रीवास्तव हो। परन्तु आज लोग अपने नाम के आगे वैभव करण लिखने की जगह वैभव सिंहा/कुमार/आदि लिखें तो यह अधर्म है।

इसी क्रम में समाज में निपात (नाई) भी, जो कुम्हार से उत्पन्न हैं, वह नाम के आगे झूठा नाम लिखने लगे। यह जाति मूलतः पश्चिम उत्तर प्रदेश, लखनऊ आदि क्षेत्र में पाई जाती हैं।

• 67 •

टिप्पणीः सभी क्षत्रीय कायस्थ भूल कर भी संबंध बनाने से बचें एवं अपनी कुल परम्परा बचाएँ। ७ पीढ़ी तक जाँच परखकर ही विवाह, आदि संस्कार करें। लेखक समस्त विशुद्ध जातियों के कल्याण के लिए अपने कुल, वर्ण-धर्म का पालन करने का निवेदन करते हैं क्योंकि नाम छिपाने से वर्णगत गुण कर्म नहीं बदलते।

कायस्थों में वर्णसंकर जातियों का निराकरण:

शास्त्रों के अनुसार कायस्थों में परंपरा प्राप्त ३ अनुलोम जातियाँ हैं। वर्ण संकर भी दो प्रकार के होते हैं। पहले तो वे जिनमें ऊपर का पुरुष और नीचे की कन्या रहती है। इसे अनुलोम संकर कहते हैं। दूसरे वे हैं जिनमे ऊपर के वर्ण की कन्या और नीचे के वर्ण का पुरुष रहता है। अनुलोम संकर को याज्ञवल्क्य स्मृति में स्पष्ट रूप से शूद्र माना गया है।

> विप्रवद्द्विजविन्नासु क्षत्रविन्नासु क्षत्रवत् ॥
> जातकर्माणि कुर्वीत ततः शूद्रासु शूद्रवत् ॥ ७ ॥
> वैश्यासु विप्रक्षत्राभ्यां ततः शूद्रासु शूद्रवत् ॥
>
> ब्राह्मणके साथ विधिपूर्वक जो ब्राह्मणकन्या विवाही गयी है उसकी सन्तानके जातकर्म आदि संस्कार ब्राह्मणोंके समान हैं और क्षत्रियके कुलसे जो विवाही गयी है उसकी सन्तानके संस्कार क्षत्रियोंके समान हैं और जो शूद्रकुलसे विवाही गयी है उसकी सन्तानके संस्कार शूद्रके समान होते हैं ॥ ७ ॥ जिस वैश्य कन्याका ब्राह्मण या क्षत्रियने विवाह किया है और वैश्यने शूद्रीके साथ विवाह किया है इन दोनोंकी सन्तानके कर्म शूद्रके समान होते हैं ॥

ये श्लोक स्पष्ट रूप से यह प्रमाणित करते हैं कि कर्म अधिकार में वे शूद्र ही रहेंगे।

अम्बष्ट: इनका कार्य चिकित्सा एवं पशु चिकित्सा के साथ-साथ काष्ठ से आजीविका प्राप्त करना भी है। महावत आदि और सेवक के रूप में शस्त्र उठाना रखना विहित है। इसके साथ-साथ ये खेती भी कर सकते हैं।

करण: वन्य के पशुओं से आजीविका प्राप्त करना। बिहार के लोक प्रचलन में इनको कई जगह कसाई कहते हैं। परंतु इस बात की पुष्टि लेखक नहीं करते हैं। यह अवश्य है कि करण शूद्रगत कर्म करते हैं और दास उपनाम, जो प्रायः शूद्र जाति के द्वारा उनके लिए ही प्रयुक्त होता है। बिहार और बंगाल में दास उपनाम करण ही प्रयोग करते हैं। अतः, वे सब शूद्र हैं। कई अंबष्ट अज्ञानता पूर्वक स्वयं को क्षत्रिय सिद्ध करने का प्रयास करते हैं। तथा वह इसके प्रमाण में अनेक श्लोक देते हैं। जिनमें महाभारत का एक श्लोक उद्धृत करते हैं—

तस्य सैन्यं धार्तराष्ट्राश्च सर्वे बाह्लीकानामेकदेशः शलश्च।
ये चाम्बष्ठाः क्षत्रिया ये च सिन्धौ तथा सौवीराः पञ्चनदाश्च शूराः॥
(महाभारत ६.२०.१०)

उनकी सेना और धृतराष्ट्र के सभी पुत्र , बाह्लीक और शाल देश में रहने वाले थे। जो अंबष्ठ थे, और जो क्षत्रिय थे और सिंधु के वीर सौवीर देश के थे और पंचनद के वीर थे वह सब वहाँ उपस्थित हुए।

इसको उद्धारित करके वे कहते हैं कि वे क्षत्रिय हैं। परंतु उस श्लोक का पूरा अर्थ लगाया जाए तो ऐसे लोगों की बातों का प्रथमतया खंडन हो जाता है। उक्त श्लोक में बाहलीक शब्द भी आया है, जो म्लेच्छ जाति है, तो क्या म्लेच्छ जाती भी क्षत्रिय हो गयी क्या?

इसका उतर स्पष्टतया "नहीं" ही है। इस श्लोक का अर्थ है "ये चाम्बष्ठाः क्षत्रिया"— की धृतराष्ट्र की उस सेना में अम्बष्ट भी लड़े, बाहिलक भी लड़े तथा अन्य जिनका वर्णन है वे भी लड़े।

किसी क्षेत्र के शब्द से जाति की कोई पुष्टि नहीं होती है। जैसे कि मैथिली शब्द मिथिला में रहने वालों के लिए उपयोग होता है। तो इस प्रकार से सारे मैथिलों को क्षत्रिय नहीं माना जा सकता है। माथुर शब्द से मथुरा में रहने वाले सारे लोग माथुर क्षत्रिय नहीं हो सकते हैं। इसी अनुसार ऐसी मूर्खता से बचाना चाहिए। महाभारत के युद्ध में चारों वर्ण और समस्त जातियां लड़ी थीं। ब्राह्मण कृपाचार्य, द्रोणाचार्य, अश्वथामा आदि ब्राह्मण भी लड़े। इससे वे क्षत्रिय नहीं हो जाते। विपत्ति काल में तो प्रायः सभी को शस्त्र उठाना पड़ता है। अतः, ऐसे अनर्गल प्रलाप से बचना चाहिए। करण और अम्बष्ट, स्मृति, पुराण, आदि से स्पष्ट शूद्र वर्ण समझे जा सकते हैं। यही धर्म का निर्णय है और यही आचार्य और शास्त्रों का मत है।

आज भी बिहार और झारखंड आदि क्षेत्रों में, जहाँ कायस्थों की शुद्ध परंपरा बची हुई है। बिहार में आज भी परंपरा प्राप्त कायस्थों का उपनाम 'ठाकुर' लिख कर संबोधित किया जाता है, लेखक के परिचित परिवार जन एवं अन्य अनेकों कायस्थों के द्वारा, जो अधिकतर श्रीवास्तव और सिंह कुल के हैं उनमें ठाकुर उपनाम सामान्य है। उदाहरण के लिए ठाकुर सुधांशु सिंहा।बिहार और पूर्वांचल में कायस्थ समुदाय कभी भी अम्बष्ठ और करण जातियों में विवाह नहीं करते, और परंपरानुसार अंबष्ट और करण का स्थान नीचा ही माना जाता है। इसका आधार हमारे पूर्वजों तथा शास्त्रों का मत है, और यही भगवान श्रीकृष्ण की भी इच्छा है। लेखक अंत में यह कहना चाहता है कि जब कोई अपनी जाति को श्रेष्ठ सिद्ध करने के प्रयास में शास्त्रीय प्रमाणों के अनुसार अपने वर्ण और कर्म का तिरस्कार

कर उन्हें त्याग देता है, तब उन्हीं अविवेकी कायस्थों के द्वारा यह प्रश्न उठाया जा सकता है कि श्री चित्रगुप्त देव महाराज की संतान वर्णसंकर कैसे हो सकती है?

तो उनके उत्तर में स्पष्ट किया जाना चाहिए कि चित्रगुप्त कोई मानव नहीं, अपितु स्वयं एक देवता हैं, यमराज के स्वरूप और न्यायाधीश राजा हैं। देवताओं में वर्ण का निर्धारण उनके प्रत्यक्ष कर्म और लीला से होता है। श्रीकृष्ण ने गीता में स्पष्ट कहा है कि उनके शरीर से ही चारों वर्ण उत्पन्न हुए हैं।

चातुर्वर्ण्यं मया सृष्टं गुणकर्मविभागशः।
तस्य कर्तारमपि मां विद्ध्यकर्तारमव्ययम्॥
(श्रीमद्भगवद्गीता ४.१३)

भगवान श्रीराम भी स्वयं क्षत्रिय कुल में अवतरित हुए। वर्ण व्यवस्था ईश्वर की आज्ञा है।

ऋषि कश्यप ब्राह्मण हैं, लेकिन उनके पुत्र सूर्यदेव क्षत्रिय वर्ण के माने जाते हैं, और सूर्य के पुत्र शनिदेव शूद्र वर्ण के देवता माने जाते हैं। ऋषि अत्रि के पुत्र चंद्रमा ब्राह्मण हैं, परंतु जब वसु-मंडल में उनका पूजन होता है, तो उस रूप में वह वैश्य वर्ण के देवता माने जाते हैं। ठीक उसी प्रकार, ब्रह्मा से उत्पन्न श्री चित्रगुप्त देव महाराज के शरीर से जहाँ एक ओर शुद्ध क्षत्रिय उत्पन्न हुए, वहीं अम्बष्ठ और करण जैसे शूद्र भी उत्पन्न हुए — ऐसा समझना चाहिए।

आज समाज में एक झूठ फैला है अपना नाम बदलकर अपनी जाति छिपाने का। यह प्रचलन अम्बष्ट और करण नमक दो वर्ण संकर कायस्थ शूद्र जाति में पाया जाता है। यह अनर्गल प्रयास खुद को क्षत्रियों में मिलाने का है, वस्तुतः शुद्ध क्षत्रिय कायस्थों में स्वयं को सम्मिलित करने का। परंतु इससे वे अपना और सामने वाले का कुल वर्ण धर्म नष्ट करते हैं। अम्बष्ट सिन्हा नाम का प्रयोग करते हैं जबकि उनके लिए अम्बष्ट नाम का प्रयोग ही शास्त्रीय तथा धर्म संगत है।उदाहरण के लिए वैभव अम्बष्ट नाम का व्यक्ति सिन्हा लिखकर घूमे, जबकि सिन्हा (सिंह) कुलीन क्षत्रीय कायस्थ कुल है। ठीक इसी प्रकार नाम के आगे सिन्हा, कुमार, आदि झूठे उपनाम करण का उपयोग होने लगा है।जबकि पूर्व काल में करण अपने नाम के आगे 'करण' नाम का उपयोग करते थे और यह सही था। उदाहरण के लिए वैभव श्रीवास्तन सही नाम है।

कायस्थों के संस्कार एवं देवी देवता उपासनाः

कायस्थों में विवाह आदि संस्कार में वैदिक पद्धति से शुद्ध कुलीन पद्धति से क्षत्रिय वंशों का विवाह होगा एवं वर्ण संकर में विवाह के नियम शूद्र तुल्य होंगे। कायस्थों में सपिंडा विवाह यानी की साथ पीढ़ी पिता और पाँच पीढ़ी माता से सीधा

रक्त संबंध होने से विवाह नहीं होता। जैसा की मनुस्मृति और विष्णु स्मृति एवं हारीत, देवल स्मृति और वीरमित्रोदय में पाए गए विवाह के नियम उसी अनुसार पालन किए जाने चाहिए।

जनेऊ संस्कार का अधिकार अम्बष्ट और करण के अलावा और जिन भी कायस्थ परिवारों में अपने जाति वर्ण के बाहर के विवाह किया वह और जिन्होंने अंबष्ट अथवा करण में भी विवाह किया वे सभी क्षत्रिय वर्ण जाति से च्युत होंगे। (प्रमाण याज्ञवल्क्य स्मृति, व्यास स्मृति)

परंपरा से तंत्रोक्त पूजन अंबष्ट और करण और जिन कायस्थों ने अपनी वर्ण जाति से बाहर विवाह किया वह कर के अपना कल्याण कर सकते हैं।

जिन कायस्थों में संस्कार बचा हुआ है वह सब जिनमें यज्ञोपवीत आदि की परंपरा बची हो वह वैदिक मर्यादा से पूजन करें। जैसा कि पद्म पुराण में स्पष्ट पाया जाता है कि समस्त कायस्थों का गोत्र कश्यप है और कायस्थों की २१ जातीयों के संस्कार कश्यप जी ने स्वयं ही किए। इसीलिए समगोत्र-विवाह का दोष कायस्थों के लिए मान्य नहीं है। यह एक अपवाद है। क्यूंकि यह स्वयं शास्त्र प्रमाणित है और भगवान वेद व्यास जी की वाणी है। (प्रमाण— वीरमित्रोदय पृष्ठ संख्या ७०३-७०४, देवल के वचन, पैथनासी के वचन, हारित के वचन, मनुस्मृति एवं विष्णु स्मृति के वचन)

इन्हीं उपर्युक्त प्रमाणों से कायस्थों को ७ पीढ़ी पिता और ५ पीढ़ी माता से सीधा सम्बन्ध होने पर विवाह उचित नहीं माना जाता है। एवं दूसरा पक्ष यह भी कहता है कि कहीं कहीं ५ पीढ़ी पिता से और ३ पीढ़ी माता से रक्त संबंध होने पर भी विवाह वर्जित है। परंतु इतनी पीढ़ियों के बाद सपिंडा दोष मान्य नहीं। ऐसा ऋषियों का वचन है।

देवी देवता:

कायस्थों के लिए महिषासुर मर्दिनी का पूजन चित्रगुप्त जी ने स्वयं कहा है। चित्रगुप्त जी की पूजा करना प्रत्येक कायस्थ का धर्म है। यह पूजन यम द्वितीया के दिन बहन के घर भोजन कर के करना चाहिए। उस दिन यमराज, यमुना और चित्रगुप्त की उपासना अवश्य करनी चाहिए। कायस्थों को हरि और हर का पूजन स्कंद पुराण में आदेश दिया गया है। चित्रगुप्त के प्रसिद्ध मंदिर उज्जैन, अयोध्या आदि प्रसिद्ध तीर्थों पर हैं। वहाँ दर्शन करें। देवी माहात्म्य जो मार्कण्डेय पुराण से हमें प्राप्त है तथा देवी की स्तुति है उसमेंचैत्र वंशी राजा का वर्णन है। जो चैत्र वंश के थे जिनको देवी उपासना से अपना राज्य पुनः प्राप्त हुआ। (क्षत्रिय के वंशः सूर्य वंश, चंद्र वंश, अग्नि वंश। उसी प्रकार चित्रगुप्त के वंश चैत्र वंशी क्षत्रिय हुए हैं,

क्योंकि चैत्र वंश का अन्य किसी क्षत्रिय वंश से संबंध और निकट व्याकरण और ज्ञान के दृष्टिकोन से सिद्ध नहीं होती, चित्रगुप्त के वंश ही चैत्र शब्द से सम्बोधित हुआ है यहां, ऐसा अर्थ भी समझ जा सकता है)

कायस्थ की शुद्धता और क्षेत्र परंपरा क्या है?

कायस्थों की परंपरा हर क्षेत्र में एक समान नहीं बची है। इतिहास में प्रामाणिक रूप से केवल पूर्व भारत, वर्तमान शासन अनुसार बिहार, झारखण्ड, पूर्वांचल (काशी तक का क्षेत्र जो कभी बिहार का अंग था और गोरखपुर आदि का निकटवर्ती क्षेत्र) में वर्णव्यवस्था बची है और कायस्थ का यह गढ़ रहा है। यहाँ शुद्ध कुलीन क्षत्रिय कायस्थ पाए जाते हैं। अगर बात बंगाल की की जाए तो स्थिति दयनीय है। बंगाल में कायस्थों का एक बड़ा वर्ग द्विजत्व के लोप के कारण शूद्र तुल्य माना जाने लगा। इन कायस्थों ने संस्कार त्याग कर वर्णसंकरता आदि भी कर ली है। इन्हीं कारण से वाहन कायस्थों को दो भागों में बाँटा गया। मौलिक (शुद्ध) और लौकिक (शूद्र)। मौलिकों के नाम सिन्हा, दत्त, बसु, घोष, बोस। यही कारण रहा है कि कुलदीपिका ग्रंथ में ब्राह्मणों ने कई कायस्थों को शुद्र में गिना है। क्योंकि इनका कई पीढ़ियों तक यज्ञोपवीत आदि बाधित रहा। इसी कारण १८८४ में कलकत्ता हाईकोर्ट ने बंगाली कायस्थों को शुद्र कहा। हाँलाकि सब शूद्र नहीं थे। बंगाल के संस्कार भ्रष्ट और वर्णसंकरता करने वाले कायस्थों ने अपना उपनाम 'दास' रख लिया। यही बात जज ने बंगाली कायस्थों को लेकर कहीं। यह जजमेंट मिस्टर जस्टिस फील्ड ने कहा था।

अगर आप बिहार की तरफ़ बात करते हैं तो मिस्टर फील्ड ने कहा कि बिहार के कायस्थों की परंपरा यज्ञोपवीत आदि सुरक्षित है और उनमें कोई कायस्थ "दास" उपनाम का प्रयोग नहीं करता है। जस्टिस फील्ड ने पूरा सर्वेक्षण करवा के पाया कि बिहार में कोई भी कायस्थ दास उपनाम का नहीं है। हरबर्ट होप राइज़ली ने अपनी पुस्तक ट्राइब्स एंड कास्ट्स ऑफ बंगाल, year १८९१, खंड १, पृष्ठ ४३१ और आगे में लिखा है। पृष्ठ ४५२ पर वे कहते हैं:

"भले ही कम समझदार पड़ोसी उन्हें ईर्ष्या से देखते हों, लेकिन वे क्षत्रिय हैं। बिहार कायस्थों की सामाजिक स्थिति निस्संदेह उच्च है। लोकप्रिय राय उन्हें ब्राह्मणों के बाद दूसरे स्थान पर रखती है और इसकी तरह, जज वे रैयत के रूप में भूमि रखते हैं तो उन्हें अपनी जागीर बिना लगान के मिलती है।"

पृष्ठ ४४३ पर एक अन्य स्थान पर वे कहते हैं

"*"बिहार कायस्थों का शारीरिक चरित्र उन्हें यह विश्वास करने का आधार देता है कि वे पूर्ण द्विज आर्य वंश के हैं।" वे चित्रगुप्त के वंशज हैं, जिन्हें ब्रह्मा की आंतरिक चेतना से राज्यों के प्रबंधन के उद्देश्य से उत्पन्न किया गया था और उन्हें पवित्र धागा (जनेऊ) पहनाया गया था, जिसका अर्थ है कि वे द्विज जाति के प्रतीक हैं, और वे बहुत स्पष्ट रूप से कहते हैं कि वे बंगाल के कायस्थों से अलग है।"*

उन्होंने कहा,

"*"परंपरा को एक तरफ रखकर और एक तरफ कायस्थों के शारीरिक प्रकार और दूसरी तरफ उनकी उल्लेखनीय बौद्धिक उपलब्धियों को देखते हुए ऐसा लगता है कि आर्य वंश के उनके दावे को पूरी तरह से खारिज नहीं किया जा सकता है।"*"

श्री हर्बर्ट होप राइजली ने वर्ष १८९१ में अपनी पुस्तक में बिहार के कायस्थों के धर्म और व्यवसाय को क्रुक द्वारा वर्णित संयुक्त प्रांत और अवध के समान बताया है। वे ब्राह्मणों या अन्य द्विजों द्वारा पालन किए जाने वाले विवाह नियमों का पालन करते हैं, विधवाएँ पुनर्विवाह नहीं करती हैं और कुल के संबंध में बहिर्विवाह का सावधानीपूर्वक पालन किया जाता है और उनका ब्राह्मणीय गोत्र कश्यप है। उन्होंने बिहार में ठाकुर, मिसर, सिंह और साहूलियार जैसे द्विज उपनाम रखने वाले विभिन्न प्राचीन परिवारों का वर्णन किया है। उन्हें बिहार में कोई भी कायस्थ 'दास' उपनाम वाला नहीं मिला है। उनका कहना है कि कायस्थों के धार्मिक अनुष्ठान ब्राह्मणों द्वारा मंत्रों और अनुष्ठानों के साथ किए जाते हैं।

डबल्यू. क्रूक की किताब में उन्होंने लिखा है—

"*कायस्थों की विभिन्न उपजातियों के बारे में क्रुक द्वारा दिए गए विवरण के अनुसार, ऐसा लगता है कि उन्होंने इतिहास में बहुत महत्वपूर्ण भूमिका निभाई है। उन्होंने राजवंशों की स्थापना की, राजा और राजाधिराज बने, युद्ध के मैदानों में लड़े, युद्ध में कौशल दिखाया और राजाओं और लोगों द्वारा सम्मानित हुए और समाज में उच्च स्थान प्राप्त किया। उनके धार्मिक समारोह उच्च वर्गों के लिए*

निर्धारित नियमों के अनुसार किए जाते थे। विवाह के बारे में, क्रूक कहते हैं कि "कायस्थ आठ प्रकार के विवाहों में से सबसे उच्च रूप का पालन करते हैं" जिसे मनु ने अपने संस्थानों में मान्यता दी है - जिसे ब्रह्मा के रूप में जाना जाता है। यह समारोह संस्कृत ग्रंथ विवाह पद्धति में बताए गए संस्कार के अनुसार किया जाता है, जिसमें ब्राह्मणों और अन्य द्विज वर्गों के मामले में वैदिक सूत्रों (मंत्र) का उपयोग किया जाता है। समारोह के आवश्यक और बाध्यकारी भाग हैं कन्यादान या लड़की को उसके पिता द्वारा देना, पाणिग्रहण या दुल्हन का हाथ दूल्हे द्वारा लेना, सप्तपदी या पवित्र अग्नि की सात बार परिक्रमा करना, और सिंदूरदान या दूल्हे द्वारा दुल्हन के बालों के बिच में लाल पाउडर लगाना। एक नियम के रूप में भी, प्रत्येक कायस्थ दूल्हे को शादी के समय या उससे पहले पवित्र धागा पहनाया जाना चाहिए।' उनमें से सिपिंडों के बीच विवाह निषिद्ध है, अर्थात, जो माता की ओर से पांच डिग्री और पिता की ओर से सात डिग्री के भीतर हों। एक ही कुल के व्यक्तियों के बीच विवाह नहीं हो सकता है और न ही कोई पुरुष अपने नाना या परदादा के कुल की महिला से विवाह कर सकता है। बहुपतित्व सख्त वर्जित है और बहुविवाह की अनुमति है वे चित्रगुप्त की पूजा करते हैं, विशेष रूप से कार्तिक माह के शुक्ल पक्ष की द्वितीया को, जिसे यम द्वितीया के नाम से जाना जाता है, जो सभी हिंदुओं के लिए पूजा का दिन है, क्योंकि चित्रगुप्त चौदह यमों में से एक हैं। श्री क्रूक कहते हैं कि अन्य देवता अन्य हिंदू जातियों के देवताओं के समान ही हैं।"

यही कारण है कि बिहार और पूर्वांचल के कायस्थ व्यापक रूप से क्षत्रिय हैं। परंतु लखनऊ, कानपुर आदि पश्चिमी क्षेत्रों से लेकर दिल्ली आदि क्षेत्रों तक, जहाँ ऐतिहासिक रूप से नाई भी झूठे उपनामों का प्रयोग कर के शुद्ध कायस्थों से विवाह किए हैं। राजा छत्रसाल के राज में और मुग़ल काल में और कई क्षेत्रों में कायस्थों की कुल परंपरा नष्ट हो गई है।इन क्षेत्रों में व्यवस्था कायस्थों की विवादित है। फिर वे प्राणनाथ और छत्रसाल के काल में हुई घरवापसी हो या नाई से विवाह या अपने संस्कार को त्याग देने कि वृत्ति रही हो। यह स्पष्ट है कि लखनऊ से लेकर दिल्ली के क्षेत्र में शुद्ध क्षत्रीय कायस्थ की परंपरा अब न के बराबर ही है। अधिकतर का यज्ञोपवीत संस्कार अब नष्ट है और जाती व्यवस्था नष्ट है। ऐसे

में उनको शुद्ध क्षत्रिय नहीं गिना जा सकता है। इन क्षेत्रों में केवल वही कायस्थ जो अपनी परंपरा को ७ से १२ पीढ़ियों तक प्रामाणिक सिद्ध कर पायें वह अपवाद के पात्र होंगे अन्यथा उनको भी शूद्र गिना जाना चाहिए।मध्यप्रदेश और राजस्थान में कुछ जगहों पर शुद्ध कायस्थ बचे हैं। परंतु इनमें भी यज्ञोपवीत संस्कार और धर्मरूपता पूर्ण रूप से प्रमाणित और एकसमान नहीं है।

7

अध्याय ७: उपसंहार

केवल बिहार झारखंड में शुद्ध रूप से कायस्थ बचे हैं। (अम्बष्ट और करण कुल के अलावा)। अंबष्ट --गया, आदि क्षेत्रों में पाए जाते हैं और करण मिथिला आदि क्षेत्रों में। अंबष्ट और करण का विवाह कभी भी शुद्ध वंशीय क्षत्रीय कायस्थ कुलों में, जैसे— जैसे श्रीवास्तव, सिन्हा, , आदि में नहीं होता है| ऐसा लेखक के निजी जीवन और परंपरा में ग्रामीण इलाकों में जो बिहार और पूर्वांचल के क्षेत्र में है देखा गया है। लेखक इसकी पुष्टि करता है। इसके अनेकों प्रमाण लेखक ने अपने जीवन और समाज के सर्वेक्षण से पाया है क्यूंकि लेखक भी मूलतः बिहार के परंपरा प्राप्त उच्च कायस्थ कुल से है।

उत्तर प्रदेश के काशी और गोरखपुर के मध्य स्थित कुछ क्षेत्रों में शुद्ध कायस्थ पाये जा सकते हैं। बिहार में आज भी वर्णव्यस्था मजबूत रूप से प्रतिष्ठित है। तभी वहाँ के शुद्धवर्णगत कायस्थों को जगतगुरु पूरी शंकराचार्य जी ने शुद्ध क्षत्रिय रूप से स्वीकार किया है। व्यापक रूप से सनातन धर्म के जगतगुरु पूरी पीठाधीश्वर शंकराचार्य जी से जब एक जिज्ञासु ने २०२४ के चातुर्मास्य में प्रश्न किया "गुरुदेव! कायस्थों का वर्ण क्या है?"

तब गुरुदेव ने उत्तर दिया— "बिहार, झारखंड, आदि कि क्षेत्र के कायस्थ जिनमें वर्णगत परंपरा बची है, वे निःसंदेह क्षत्रिय हैं।"

इसके अलावा पूज्य गुरुदेव से गही प्रश्न एवं वर्णसंकर कायस्थों के साथ शुद्ध क्षत्रिय कायस्थों के भेद को भी लेखक द्वारा पूँछा गया।

उत्तर— पूज्य गुरुदेव ने बिहार, झारखंड, आदि कि क्षेत्र के कायस्थ जिनमें वर्णगत परंपरा बची है, वे निःसंदेह क्षत्रिय हैं। गुरुदेव ने वर्णसंकर कायस्थों को भी स्वीकारा और इनमें विवाह वर्जित होना भी स्वीकारा और जिन्होंने ऐसा ही किया

है उनको द्विजत्व और क्षत्रियत्व से च्युत ही समझा जाएगा। यही धर्म का निर्णय है। यही शास्त्र का निर्णय है। और यही गुरु का निर्णय है।

चित्रगुप्त-वंशीय कायस्थ कुल

• 79 •

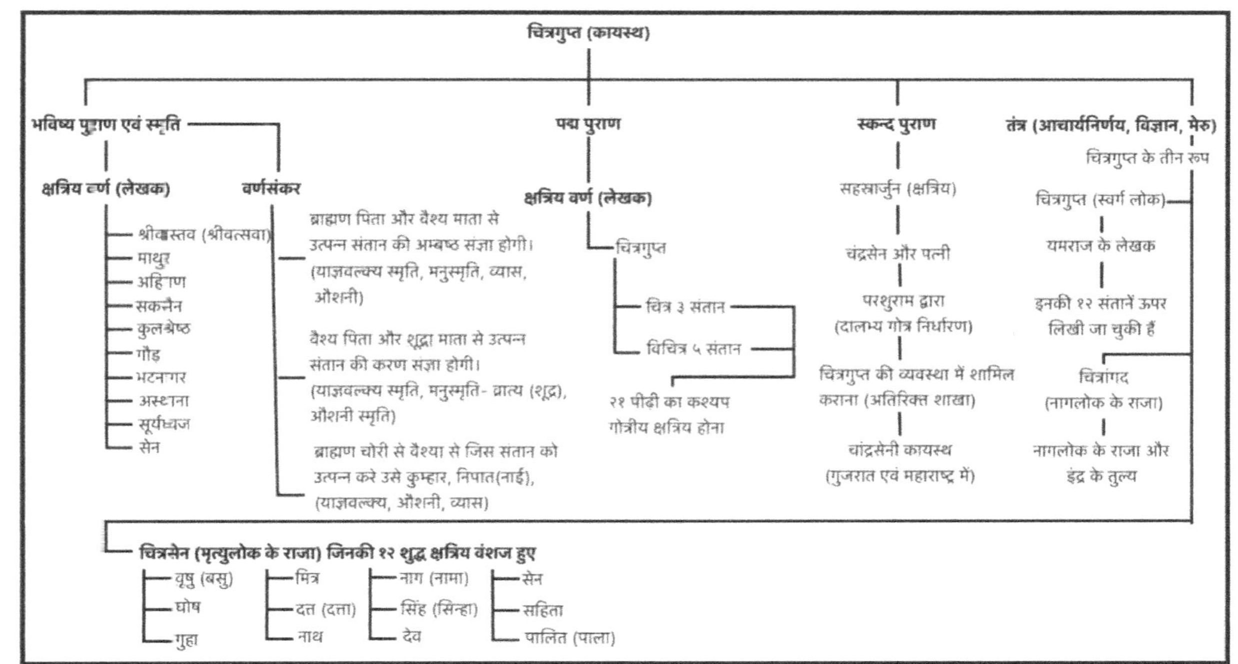

चित्रगुप्त (कायस्थ)
भविष्य पुराण एवं स्मृति
पद्म पुराण
स्कन्द पुराण
तंत्र (आचार्यनिर्णय, विज्ञान, मेरु)
चित्रगुप्त के तीन रूप
क्षत्रिय वर्ण (लेखक)
वर्णसंकर
क्षत्रिय वर्ण (लेखक)
सहस्रार्जुन (क्षत्रिय)
चित्रगुप्त (स्वर्ग लोक)
श्रीवास्तव (श्रीवत्सवा)
माथुर
अहिष्ण
सकनैन
कुलश्रेष्ठ
गौड़
भटनगर
अस्थाना
सूर्यध्वज
सेन
ब्राह्मण पिता और वैश्य माता से उत्पन्न संतान की अम्बष्ठ संज्ञा होगी। (याज्ञवल्क्य स्मृति, मनुस्मृति, व्यास, औशनी)
वैश्य पिता और शूद्रा माता से उत्पन्न संतान की करण संज्ञा होगी। (याज्ञवल्क्य स्मृति, मनुस्मृति- व्रात्य (शूद्र), औशनी स्मृति)
ब्राह्मण चोरी से वैश्या से जिस संतान को उत्पन्न करे उसे कुम्हार, निपात(नाई), (याज्ञवल्क्य, औशनी, व्यास)
चित्रगुप्त
चित्र ३ संतान
विचित्र ५ संतान
२१ पीढ़ी का कश्यप गोत्रीय क्षत्रिय होना
चंद्रसेन और पत्नी
परशुराम द्वारा (दालभ्य गोत्र निर्धारण)
चित्रगुप्त की व्यवस्था में शामिल कराना (अतिरिक्त शाखा)
चांद्रसेनी कायस्थ (गुजरात एवं महाराष्ट्र में)
यमराज के लेखक
इनकी १२ संतानें ऊपर लिखी जा चुकी हैं
चित्रांगद (नागलोक के राजा)
नागलोक के राजा और इंद्र के तुल्य
चित्रसेन (मृत्युलोक के राजा) जिनकी १२ शुद्ध क्षत्रिय वंशज हुए
वृषु (बसु)
घोष
गुहा
मित्र
दत (दत्ता)
नाथ
नाग (नामा)
सिंह (सिन्हा)
देव
सेन
सहिता
पालित (पाला)

जयघोष

धर्म की जय हो,
अधर्म का नाश हो,
प्राणियों में सद्भावना हो,
विश्व का कल्याण हो!

लेखक के बारे में

ठाकुर जय आदित्य शौर्य श्रीवास्तव

इस पुस्तक के लेखक का जन्म एक परम्परावादी श्रीवास्तव कायस्थ क्षत्रिय कुल में हुआ ।

बाल्यकाल से ही इनकी रुचि धर्म एवं नवीन चीज़ें पढ़ने और खेलकूद आदि में रही। अनेकों मार्ग से धर्म में सदैव रुचि लेने वाले लेखक ने अनेक शास्त्रीय विद्याओं में रुचि लेने का प्रयास १० वर्ष की आयु से ही प्रारंभ कर दिया था।

लेखक का धर्म और दीक्षा संस्कार से नाम जय आदित्य शौर्य श्रीवास्तव हुआ।

लेखक अपना मूल नाम पाठकों के लिए बताना उपयुक्त नहीं समझते क्योंकि धर्म के मार्ग पर चलते हुए नारायण और गुरु कृपा ही लेखक के जीवन का आधार है ।

लेखक राज्य स्तरीय गोलफेक(शॉटपुट) में स्वर्ण पदक से सुशोभित रहे हैं, साथ ही राष्ट्रीय स्तर पर पावरलिफ्टिंग में 82 किलोग्राम वर्ग में भी स्वर्ण पदक से सुशोभित रहे है, इसी राष्ट्रीय स्तर के आयोजन में शॉटपुट प्रतियोगिता में रजत पदक भी प्राप्त किया था।

इसके अतिरिक्त लेखक का रंगमंच और अभिनय से कॉलेज के दिनों से ही जुड़ाव रहा और वह अपने कॉलेज के थिएटर सोसाइटी (नाट्य मंडली) के संस्थापक भी रहे।

मातृकुल से लेखक परम्परावादी राजघराने से हैं जिनका शासन एक सहस्र गांव के ऊपर रहा है।

लेखक श्रीमज्जगदगुरु शंकराचार्य पुरी पीठाधीश्वर जी महाराज से दीक्षित हैं ।
लेखक ज्योतिष के भी अच्छे विद्वान रहे हैं।

लेखक को जब यह जिज्ञासा हुई की कायस्थों का वर्ण क्या है तब उन्होंने इस विषय में शास्त्रीय, सामाजिक एवं एतिहासिक तथ्यों के आधार पर खोजने का प्रयास किया जो जो प्रमाण उन्हें प्राप्त हुए उसे उन्होंने एक पुस्तक में संकलित करने का विचार किया जिससे भविष्य में भी कायस्थों के वर्ण के बारे में कोई संशय न रह जाए।

आशा आप आप सभी पाठकों को इस पुस्तक से लाभ प्राप्त होगा।